泰戈尔
散文精选

[印] 泰戈尔 ◎ 著　　一熙 ◎ 译

tagore

浙江人民出版社

图书在版编目（CIP）数据

泰戈尔散文精选 /（印）泰戈尔著；一熙译. —杭州：浙江人民出版社，2022.10
ISBN 978-7-213-10756-6

Ⅰ.①泰… Ⅱ.①泰…②一… Ⅲ.①散文集—印度—现代 Ⅳ.①I351.65

中国版本图书馆CIP数据核字(2022)第160875号

泰戈尔散文精选
TAIGEER SANWEN JINGXUAN

[印] 泰戈尔　著

出版发行	浙江人民出版社（杭州市体育场路347号 邮编 310006）
责任编辑	徐　婷
责任校对	王欢燕
封面设计	毛　增
印　　刷	三河市冀华印务有限公司
开　　本	700毫米×990毫米　1/16
印　　张	15
字　　数	180千字
版　　次	2022年10月第1版
印　　次	2022年10月第1次印刷
书　　号	ISBN 978-7-213-10756-6
定　　价	45.00

如发现印装质量问题，影响阅读，请与市场部联系调换。
质量投诉电话：010-82069336

目 录

第1章　往事并不如烟

生活的回忆　　　　　003
教育启蒙　　　　　　005
家里家外　　　　　　008
仆役统治　　　　　　017
师范学校　　　　　　021

第2章　人生一世，草木一秋

作　诗　　　　　　　027
学知识　　　　　　　030
外出旅行　　　　　　035
习　作　　　　　　　038
斯里干达先生　　　　040
孟加拉语课结束　　　043
教　授　　　　　　　046

第3章　世间应免离别愁

我的父亲　　　　　　055
与父同行　　　　　　061
喜马拉雅山之旅　　　069
归　家　　　　　　　075
我的家人　　　　　　082

第 4 章　孑然一身，独自前行

英格兰　　　　　　　091
欧洲音乐　　　　　　102
恒河岸边　　　　　　105
卡尔瓦尔　　　　　　108
自然的报复　　　　　111
亲人离世　　　　　　114

第 5 章　此生是一场寂寞的旅程

孟加拉风光　　　　　121
雨季和秋季　　　　　162
刚与柔　　　　　　　165
泰戈尔致奥坎波情书　168

第 6 章　心是万物的宇宙

创新精神　　　　　　185
心性合一　　　　　　199
洞察力　　　　　　　205
音乐创作者　　　　　217
艺术家　　　　　　　223

第 1 章

往事并不如烟

泰 戈 尔 散 文 精 选

生活的回忆

　　我不知道是谁用金色的画笔涂抹了我记忆的画布，但不管他是谁，那都是一幅画。我的意思是，他的画笔不仅仅是对现实的忠实再现。他随心所欲地在这里加了一点，在那里擦掉一团。他把许多大事化小，又把许多小事夸大。他大胆地把台前的挪到幕后，又把幕后的搬到台前。简而言之，他在精心地描绘细节，而不是在书写历史。

　　"生活"的表面发生了这么多事情，但"心灵"的画布只剩下几幅图画，两者关系密切，却并不完全相同。

　　我们无暇深入心灵的画室中去。不时会有一些画面出现在我们眼前，但整个画卷却藏在看不见的黑暗中。忙碌的画家为什么画那么多呀；什么时候他才能完工；他的画最后进了哪家画廊——谁知道答案呢？

　　多年前，当被问及自己的人生经历时，我终于有机会走进这个画室。我以为能找到一些令人满意的传记材料，但当我打开门，才发现生活的片段不是历史,而是一位看不见的艺术家的创作。星星点点的艳丽色彩,不是外界的折射,而是画家本人的创造,是他内心激情的表露。因此,这块画布上的记录,无法作为法庭上的证据。

虽然从记忆的仓库中收集历史的尝试徒劳无益,但回顾这些画面,却别有一番魅力,那是一种让我着迷的魅力。

当我们旅行时,走过的路,以及路边用来歇脚的小屋,这些都不是画面的主角——它们只是旅途中司空见惯的东西。但是当夜幕降临,我们走进旅舍,再回头看看在生命的清晨走过的城市、田野、河流和山脉,在晚霞的映衬下,它们果真变成了一幅幅图画。所以,当我有机会回望来时的路途,那些图画令我着迷。

激起我兴趣的,难道只是对自己过去的情感寄托吗?当然,个人情感的介入是不可避免的,但这些图画也有其独立的艺术价值。我的回忆录里没有哪件事是值得永远珍藏的,但有没有话题性,并非是衡量它有没有价值的唯一标准。一个人的真实感受对读者来说很重要,因为这能使他们产生共鸣。在记忆中画出的图画,如果写下来,也能在文学殿堂中占据一席之地。

我用记忆的画面充当文学的素材。如果把它们当作我的全部人生,那就大错特错了。从这个角度来看,这些记忆既没什么价值,也不够全面。

教育启蒙

我们三个男孩一起长大。两个同伴比我大两岁。等他们开始接受教育，我也到了求学的年纪，但我已经忘记了学过哪些东西。

我时常能回忆起的只有一句："雨儿淅沥，叶儿低语。"那时我刚刚从一场"Kara""Khala"的音律风暴里冲出来，抛锚靠岸。念着"雨儿淅沥，叶儿低语"，我第一次遇见那位拉丁"无名诗人"的作品。每当回忆起那天的欢乐，我就深感诗歌中节奏的必要性，包括现在。因为有了韵律，这首诗流传至今，声音在耳与心之间来回震荡。就这样，那淅淅沥沥的雨声，那树叶的沙沙声，无休无止，在我的脑海里萦绕了一整天。

我的童年还有一段插曲，至今记忆犹新。

我们有一个老会计，叫卡拉什。他就像我们的家人一样。他很有幽默感，总爱拿别人开玩笑，无论老少——新上门的女婿、新结交的亲戚，都是他打趣的对象。我怀疑哪怕他死后,身上的幽默感也依然绕在坟头。有一次,家里的老人找萨满做法事,想与另一个世界的人联络,卡拉什的名字被毛笔潦草地写了出来。当我们问他那边的生活是什么样子时,他拒绝透露任何信息:"我才不说呢。我死了才知道的事情,哪能轻易告诉你们?"

这位卡拉什先生有一次为了取悦我,把他编的一首打油诗念给我听。我是诗中的主人公,急切地等待着女主角的到来。我仔细听着,脑海中浮现出一幅画面:绝色的新娘坐在"未来"的宝座上,迎接她的典礼。她从头到脚戴着珠宝,为婚礼进行了前所未有的精心准备,连见多识广的长者和智者都被迷得神魂颠倒。但真正打动这个小男孩的,是朗朗上口的韵脚和摇曳荡漾的节奏,让这些美妙而欢乐的画面像灯笼一样在他面前闪过。

这两件与文学相关的乐事至今仍然萦绕在我的记忆中,此外还有一首经典的儿童诗:"雨点滴答,河水泛滥。"

在那之后,我所记得的就是学校生活的开始。一天,我看见哥哥和比我大一点的外甥萨提亚出门去上学,留下我一个人。我还没资格上学。我没坐过马车,也没出过家门。所以,当萨提亚回来大肆吹嘘他的冒险经历时,我觉得自己不能再待在家里了。家庭教师狠狠地给了我一巴掌,语气诚恳地劝我放弃这个幻想:"你现在哭着要去上学,到时候你会哭着跑回家。"我已经不记得他的名字、样貌和性格,但我永远不会忘记他那句语重心长的话和那一记更重的耳光,现在我的脸上还火辣辣的。我这辈子还没听过比这句话更准确的预言。

一场哭闹,把我早早地送进了东方神学院。学了些什么,我全忘了,但有一种体罚学生的方式,我还记得。没能背诵出课文的孩子会被罚站在凳子上,伸开双臂,摊开手掌,掌心放上几块石板。这种方式能在多大程度上帮助学生更好地掌握知识,心理学家们不妨讨论一下。我就在这样小的年纪,开始了我的求学生涯。

我的文学入门有其根源,但我第一次接触文学不是在学校里,而是通过那些仆人爱看的书,其中最重要的是翻译成孟加拉语的《恰利卡耶经》和克里狄瓦萨的《罗摩衍那》。

我清楚地记得有一天我读《罗摩衍那》时的情景。

那是一个阴天。我在临街的楼廊上玩,突然,我忘了是什么原因,萨提亚试图吓唬我,大声喊道:"警察来啦!警察来啦!"我对警察只有一个相当模糊的概念,但有一点我可以肯定,罪犯落在警察的手里,就像一个可怜的人被鳄鱼咬住,一口就没命了。我想不出一个无辜的小男孩怎么才能逃脱这种残酷的惩罚,于是我跑到里屋,吓得浑身发抖,担心警察会跟踪而至。我告诉母亲厄运即将来临,但她似乎并不介意。我觉得出门太冒险了,所以坐在母亲房间的门槛上,翻看母亲年迈的姑妈爱读的那本大理石封面、书页卷了边的《罗摩衍那》。我身旁有一条环绕着宽敞内院的走廊,昏暗的午后,天空乌云密布。姑姥姥发现我为了书中一个悲伤的场景哭起来,便走过来拿走了书。

家里家外

我童年时对奢侈行为所知甚少。总的来说,那时的生活比现在要简朴得多。同时,我们家的孩子几乎没享受过什么特殊照顾。照顾孩子的过程对监护人来说也许是一种偶然的享受,可对于孩子们来说纯粹是件麻烦事。

我们受仆人的看管。为了省事,他们几乎压制了我们自由行动的权利。但这种不被宠爱的自由弥补了这种束缚的严酷,因为我们的心灵已远离了过度的放纵、铺张和装饰。

我们吃的饭菜一看就让人提不起食欲,我们穿的衣服只会被现在的孩子们嘲笑。满十岁前,我们不能穿鞋和袜子。冬天太冷,就在布衣外面加一件棉布褂子。我们从来没想过这样穿太寒碜,只有老裁缝尼亚玛蒂忘了给我们的外衣做口袋时,我们才提出抗议,因为虽然是那个年代,也没有哪家的孩子穷到连口袋里的零钱都没有的地步。由于上天的仁慈,分配给贫富家庭的孩子的财富并没有太大的差别。我们每个人都有一双拖鞋，但很少穿。我们把拖鞋往前踢，追上后再踢，每一次有效地命中目标，都使拖鞋变得越来越破。

长辈在衣、食、住、行、谈话和娱乐等方面，都与我们格格不入。我们偶然也看到他们的生活，但绝没有机会尝试。对现在的孩子来说，成年人变得谦逊多了，也很容易接近，几乎有求必应。我们那时候，没有哪样东西是能容易弄到手的。许多不值一提的小物件，我们都觉得很稀罕。我们生活在这样一种向往中：等我们有一天长大成人，在遥远的未来就能得到时间给我们积攒的东西。于是，无论得到的东西多么渺小，我们都尽情享受，就像吃个苹果，从皮到核都舍不得丢。现在富裕人家的孩子只啃一半就把果子扔了，他们的生活，有大部分就这样白白地浪费了。

我们在外院东南角下人的房里打发时间。有个仆人叫夏玛，来自库鲁那地区，皮肤黝黑，体态丰满，一头鬈发。他给我选了个位置，拿粉笔在地上画了个圈，然后表情严肃地举起手指警告我，说如果我跨出这个圈，就会有灾难发生。我一直不太清楚这种灾难是身体上的还是精神上的，但我怕得要命。我曾在《罗摩衍那》中读到，悉多走出罗什曼那画的圆圈时，受尽了苦难，所以我并不怀疑这种可能性。

屋子的窗子下面有一个蓄水池，一道石阶通向水面。池子西端的墙边有一棵大榕树，南边还有一排椰子树。当我走到窗前，就被绿意团团围住，透过拉下的百叶窗板，我可以一整天凝视着眼前的景色，仿佛看一本图画书。从大清早，邻居们就一个接一个地来沐浴。我知道每个人到达的时间，也很熟悉每个人梳洗的特点。有人会拿手指堵住耳朵，在水里泡几下就走。有人却不敢冒险把身子完全泡在水里，只用浸湿的毛巾在头上抹几把就心满意足。第三个人小心翼翼地挥动手臂，把水面的脏东西拨开，然后突然心血来潮，一头扎进水里。有个人没有做任何准备活动就从台阶顶上跳到水里，另一个则慢慢顺着台阶，一步一步走进水里，嘴里念着晨经。有的人总是匆匆忙忙，洗完就赶回家，有的却不慌不忙，悠闲地洗着，洗完又仔细擦拭身体，把湿的浴衣脱下来，换上干净的衣服，再慢慢整理腰带上的褶子，顺便去外屋的花园里绕几个弯儿，采几朵花，这才优哉游哉地走回家去，清凉舒适的身子洋溢着欢快的光芒。沐浴一直要持续到午后。那时浴场没有了人影，重新归于沉寂，只剩一群鸭子游来游去寻找花螺，或是不知疲倦地梳理自己的羽毛。

当水面变得幽静，我的全部注意力就会被榕树下的阴影所吸引。几条气根沿着树干往下爬，在树底形成一团盘绕的黑圈。似乎在这个神秘的区域，宇宙的法则还没有找到入口；仿佛某个古老世界的梦境逃离了神圣的警戒，徘徊在现代的阳光下。我过去在那里见到的人，以及他们所做的一切，很难用明白的语言来表达。关于这棵榕树，我后来写道：

  纠结的树根从你的枝间垂下，
  古榕树啊，
  你日夜伫立，像一个苦行僧在忏悔，
  你可曾记得那个孩子，
  幻想着与你的影子嬉闹？

  唉！那棵榕树已经不见了，那个倒映出这棵威严的树王的水池也没有了！许多曾经在那里沐浴过的人，也随着榕树的阴影消失了。而那个男孩，他长大了，正数着光明与黑暗的交替，日夜穿透了榕树从四面八方抛下的树根，营造出一个错综复杂的世界。

家长不准我们出门，事实上，我们甚至连走遍里屋外屋的自由都没有。我们不得不从栅栏背后窥视大自然。在我触及不到的地方，有一件无限的东西，叫作"外面"。它的闪光、声音和气味常常通过栅栏的间隙触碰我。它似乎想和身在栅栏里的我一起玩，摆出许多热情的姿态。但它是自由的，我被束缚着——我们无法相遇。所以"外面"的吸引力就更强了。今天，那道粉笔线条已经被抹去了，但禁锢仍然存在。远方依旧遥远，外面的仍然在外面；这让我想起了自己写过的一首诗：

驯养的鸟在笼中，自由的鸟在林中，

机缘巧合，他们相遇了，这是命中注定的。

自由的鸟说："噢，我的爱，让我们飞到林中去吧。"

笼中的鸟低声说："到这儿来吧，让我俩都住在笼里吧。"

自由的鸟说："在栅栏中间，哪有展翅的余地？"

"可怜啊，"笼中的鸟说，"在天空中我不晓得到哪里去栖息。"

我家屋顶凉台的护墙比我的个头还高。等我又长高了些，等仆人的看管松弛了些，等家里娶进来一位新娘子，作为她空闲时的陪伴，我得到许可，能在中午时到凉台上来。这时全家人都吃过了午餐；家务活也暂告一个段落；里屋静悄悄的，大家都在午睡；湿答答的浴衣被搭在护墙上晾干；乌鸦在啄食扔在院子角落垃圾堆上的剩菜；在这段孤寂的午休时间，笼中的鸟会从护墙的缝隙里与自由的鸟相互交谈！

我站在那里，凝视着……我的眼光首先落在内花园远处的那排椰子树上。透过树丛，可以看见"信园"里的一间间草棚和水池，池边是送奶女工塔拉的牛奶房；再往前一点，加尔各答城形状各异、高度不同的屋顶凉台和树梢交织在一起，把正午耀眼的阳光反射回来，一直伸到东方灰蓝色的地平线上。在这些遥远的房屋中，有一些的屋顶修了通向凉台的楼梯，似乎向我伸出了一根手指，朝我使着眼色，暗示里头藏着秘密。而我就像一个站在宫殿门外的乞丐，想象着关在密室里的宝藏，我无法得到这些宝藏，也说不出在这些陌生的房子里，装着哪些游戏和自由。从天空的最深处，炙热的阳光洒到头顶，一只鸢鸟细细的尖叫声传到我的耳朵里；毗邻"信园"的那条小巷里，一个货郎正经过那些静悄悄的屋子，叫卖着"卖手镯喽，谁要手镯……"，我的整个身心从平凡的世界中飞走了。

父亲几乎从不待在家里，他总是四处云游。他三楼的房间一直是关着的。我常把手穿过百叶窗，打开门闩，推门进去，然后躺在靠南的沙发上，一躺就是一下午。首先，这是一间总是关着门的屋子，再加上我是偷偷溜进去的，这就给屋子增添了几分神秘的气氛。再往南边是一块空旷的凉台，阳光普照之下，令我遐想万千。

还有另一个吸引人的地方。在加尔各答，自来水管的安装刚刚开始，在第一次输送取得了令人振奋的成功后，供水开始普及印度各个住宅区。在自来水的黄金时代，管道一直接到三楼我父亲的房间里。于是我打开淋浴水龙头，畅快地洗了个澡——不是图舒服，而是为了满足自己的愿望，放肆一把。自由的喜悦和害怕被抓住的恐惧交替在心头，使得来自市政府的清水像一支支箭头，惊心动魄地射进我的心里。

也许是因为与外界接触的可能性微乎其微，才使得这种接触方式让我更容易获得一种快乐。物质一丰富，大脑就会变得懒惰。把一切都交给物质，就会忘记在准备一场成功的快乐筵席时，坚毅的内心远比手边的装备更有价值。这是一个人在孩童时期收获到的重要经验。他几乎身无长物，但是他很快乐，因为他不需要更多的东西。有些孩子玩具太多，反而为其所累，连自己设计出来的游戏世界都被毁掉了。

把我们的内花园叫作花园，确实有点夸张。内花园里有一棵香橼树，几棵品种不同的李子树和一行椰子树，正中是一个由石头砌成的圆形花坛，各种各样的杂草侵入石头缝，插上自己胜利的旗帜。只有那些花苗没有抱怨园丁的轻视，继续毫无怨言地履行自己的职责，努力绽放。花园北角有个打谷棚，住在里屋的人需要讨论家务事时，偶尔会在那儿开会。在城里，这最后一丝农村生活的印记，已经不知何时承认了自己的失败，羞愧地蒙着脸，悄无声息地溜走了。

话虽这样说，我还是怀疑亚当的伊甸园哪有我家这个花园装缀得好；因为他和他的园子都是赤裸裸的，没有物质的东西点缀。只是他品尝了"知识之树"的果子，又充分地消化之后，才知道人需要外在的装饰，而且这种需要与日俱增。内花园就是我的伊甸园，这对我来说足够了。我清楚地记得，在初秋的黎明时分，我一醒来就跑到那里去，一进花园，带着露珠的青草和花叶的芳香便扑面而来，清新凉爽的晨光从花园东侧的墙头透过颤动的椰树叶子，向我窥视。

楼的北端还有一块空地，我们至今还叫它"谷仓"，从名字不难看出，在早些年，这里有个谷仓，用来存放全年的粮食。那时，城镇和乡村就像襁褓中的弟兄姐妹一样，模样很像，如今再想寻觅这种家人之间的和谐关系，已经很难了。我一有机会，就跑去"谷仓"玩。其实"玩耍"二字概括得并不准确——吸引我的是这个地方，而不是玩的游戏。为什么呢？我也说不清，也许是那一块荒无人烟的角落，对我施了一种魔力。它在生活区之外，没什么实用价值，而且毫无修饰，简直就是个不毛之地，从来没人想过要在这儿种什么东西。由于这些原因，这块荒芜之地成了发挥孩子想象力的绝佳之地，可以在这里神游太虚、纵横驰骋。任何时候，只要我设法逃过监护人警惕的目光，跑到谷仓，就觉得自己像是在假日旅行。

在家里还有一个地方，我始终没有找到。一个和我年龄相仿的女玩伴称它为"王宫"。"我刚去过那儿。"她有时告诉我。但不知为什么，好运始终没有眷顾过我，她从来没带我去。那恐怕是一个奇妙的地方，玩具和游戏都妙不可言。我猜它一定就在附近的某个地方——说不定是一楼或者二楼的某个角落，但问题是我一个人去不了。我曾多次试探着问我的女伴："你只需要告诉我，这地方在房子里面还是外面。"她总是回答说："没在外面，没在外面，就在房子里。"我坐下来冥思苦想："那它会在哪儿呢？这儿的每间屋子我都看过呀！"我从没问她那个国王是谁，他的宫殿至今我也没有找到，但有一点是清楚的——"王宫"就在我们的楼里。

回顾童年的日子，生活的世界处处充满了神秘。到处潜伏着连梦中都想不到的奇趣，每天我的心头都浮起疑团：唉！啥时候我才能遇见它呢？大自然似乎把一些东西攥在拳头里，笑着问我："你猜猜这里面有什么？"这谁猜得出！她的手里可是应有尽有。

我还清楚地记得，我种下过一颗番荔枝种子，就在南凉台的一个角落，每天给它浇水。一想到种子会长成大树，我就兴奋得很。如今，番荔枝种子长出了幼苗，但我早已没有了兴奋感。这不是番荔枝的错，而是心境发生了变化。有一次，我们从一个堂兄的花园假山上偷了几块石头，自己动手堆了一座小假山。种在石缝里的草木被我们浇了一遍又一遍水，植物再想坚强地活下去，也熬不过我们的折磨，终于纷纷夭折。言语无法描述这座小小的假山带给我们的快乐和惊奇，而且我们坚信，创造这样的一个作品，在大人们眼中也是值得夸赞的。然而就在我们觉得大功告成的那一天，屋角的这座小山，连同山上的草木，都消失不见了。书房地板不适合造山栽树——有人严厉地告诫我们，教训来得如此突然，令我们大为震惊。后来，一想到自己的幻想和长辈的意愿总是水火不相容时，我的脑海里就会浮现出那些从书房地板搬走的石头。

那些日子，自然与我们的关系是多么密切呀！大地、雨水、树叶和天空都喜欢跟我们说话，从来不会彼此不理睬。我们常常感到很遗憾，我们可以触摸大地的外表，却无法探寻内部的奥秘。我们一直计划着找个工具，揭开大地那层土褐色的表皮，朝下面看一眼。我们想，要是一根竹竿接一根竹竿地往下捅，说不定就能捅到大地的最深处。

浴佛节的节庆期间，人们会在外院四周插上一排排木桩，顶上挂起吊灯，于是在浴佛节的头一天，地上就开始挖坑。对孩子们来说，节庆的准备工作总是很有趣，但是挖坑对我来说尤其动心。虽然我每年都看人挖——那个坑越挖越深，深到连挖的人都埋在里面看不见了，但从来没挖出过什么特别的东西，值得王子或者骑士去冒险——但每次围观，我都有一种神秘宝箱正被人开锁的感觉。我觉得再挖深一点，就大功告成了。可一年又一年过去了,挖掘工作始终令人遗憾。帘子只拉了一下,却没有拉开。我很纳闷,大人们不是想做什么就做什么吗,为啥他们不一鼓作气,总是半途而废?要是我们这些小孩子也能发号施令的话,大地深藏起来的秘密,是绝不会永远尘封在地下的。

抬头望去,一块块蔚蓝色的天空聚成了浩瀚苍穹,这也激发了我们的想象力。老师讲授孟加拉科学读本的第一册时,告诉我们天空并不是一个蓝色的锅盖,把我们惊讶得瞪大了眼睛!"把梯子一个个接起来,"他说,"一直往上爬,你永远也不会撞脑袋。"我猜他肯定是舍不得梯子,于是提高嗓门追问道:"要是接上更多、更多、更多的梯子呢?"等我终于明白,接再多的梯子也没有用,才被吓呆了,脑子里嗡嗡响。我敢说,这么令人震惊的消息,这世上一定只有老师才知道!

仆役统治

在印度历史上，仆役统治时期并不让人感到幸福。在我的生活历史中，仆役统治的时期也没有什么光荣和快乐可言。国王换了一个又一个，用来约束和惩罚人的法规却没有变过。那时的我们还没有机会对这个问题展开哲学思考，打就打吧，谁还不是被打大的。世间通行的法则不就是大的揍人、小的挨揍吗？后来，我花了很长时间才悟出另一个相反的真理：小孩闯祸，大人受苦。

猎物不会从猎人的立场来看待善恶。这就是为什么警觉的鸟儿在枪响前用叫声警告同伴，却被猎人诅咒为恶鸟。同样，我们挨打时要是号啕大哭，惩罚的人就觉得我们这样做很不得体，认为这是对仆役统治的反抗。我忘不了，为了有效地镇压这种反抗行为，我们的脑袋是怎样被塞进装满水的大罐子的。毫无疑问，哭叫在施罚者眼中是招人厌的，而且很可能产生更大的不愉快。

我现在都很纳闷，仆人们为啥要如此残酷地对待我们。没错，我们很淘气，但行为还不至于恶劣到遭受如此对待的地步，那么真正的原因恐怕就是，照看好我们的负担重重地压在仆人们的肩上，而这种负担即使最亲近的人也难以承受。如果只让孩子做个孩子，听任他们跑呀、玩呀，满足他们的好奇心，一切自然就简单多了。但要是你总想把孩子关在屋里，不让他们玩耍，叫他们正襟危坐，那他们肯定会制造一些难以解决的麻烦事。这样一来，原本孩子通过自己的童心很容易搬动的重负，全都落到了监护人的身上——就像寓言中提到的那匹马，被人扛着走，而不让它四蹄着地，虽然收了钱，扛夫用肩扛着这么重的负担，每走一步，他们都要抽鞭子，报复这头可怜的牲畜。

童年时代的大多数暴君，我只记得他们的拳打脚踢，其他的都忘光了。但有一个人在我的记忆里永不褪色。

他名叫依什沃，以前当过乡村教师。他是个古板、正派、稳重和严肃的人。在他眼中，这个世界尘土太多、清水太少，到处都是脏兮兮的，所以他必须与肮脏的环境长期保持战争状态。汲水时，他会用闪电般的速度把罐子戳进池子里，为的是避开水面的污秽，从没有污染的深处取水。就是他，在水池里沐浴时，要用胳膊不断地拨开浮在水面的污物，然后突然把脑袋埋进水里，仿佛自己使了个计策，骗过了水池。走路时，他伸出的右臂与身体形成夹角，看样子连他自己的手臂都不相信身上的衣服是干净的。他的行为举止都表现出一种努力，一种避开所有不洁之处的努力，而这些不洁，来自一条条不设防的路径，借助泥土、水源、空气和人们的举手投足，变着法子来害人。他的严肃是深不可测的。说话时，他会微微歪着头，用低沉的声音吞吞吐吐地说出字斟句酌的句子。背地里，他文绉绉的辞令成了大人们调侃的对象，他用过的一些夸张的短语，成了我们家庭妙语库中的珍藏。但是我怀疑他使用的表达方式，今天听起来是否还生动活泼，因为书面语和口头语曾经差别很大，如今却越来越接近彼此。

这位曾经的老师找到了一种能让我们在晚上保持安静的方法。每天晚上，他都会把我们召集在一盏灯罩裂了缝的蓖麻油灯旁，给我们读《罗摩衍那》和《摩诃婆罗多》里的故事。另外几个仆人也来加入听众的行列。油灯把巨大的影子投射到屋顶的横梁上，小壁虎趴在墙上捉虫子，在外面的廊厅，蝙蝠像个发了疯的托钵僧，旋转不停地飞舞，我们则惊讶地张大嘴巴，静静地听着故事。

我还记得，有天晚上他讲到了俱舍和罗婆的故事，这两个勇敢的孩子扬言要把父亲叔伯打得一败涂地，于是，在这个光线昏暗的房间里，紧张的寂静中洋溢着热切的期盼。夜已经深了，睡前聚会的时间也快要结束了，可是离故事结局还远得很。

在这紧要关头，父亲的随从基肖里来解围了，他唱起达苏·罗易创作的快节奏的歌谣，一下子就唱到了故事的结尾。克里狄瓦萨《罗摩衍那》里那些十四音节的慢板旋律突然失去了风采，我们被罗易的歌谣如洪水般涌来的韵律淹没了。

某些日子，这样的诵读会引发一场有关神话经典的争论，当然最后总是由依什沃做出一番深奥的评判，争论才会结束。虽然依什沃只是一个看管孩子的仆人，在仆役社会中的地位是最低的，但他就像《摩诃婆罗多》里的祖父毗湿摩一样，每到这时候，他就威严得让人忘记了他的身份，地位至高无上。

我们这位严肃而可敬的仆人有一个弱点,为尊重历史的真实,我必须提出来。他吸过鸦片,这让他难以抵挡油腻食物的诱惑,所以他早上给我们端来一杯牛奶时,嘴上说不想喝,心里却想喝得很。要是我们稍稍流露出对这杯牛奶的反感,他可不会为了本着对我们健康负责的态度,逼着我们喝下去。

除了牛奶,我们对其他食物的消化能力,依什沃也持有偏见。晚饭时,一个堆着油炸薄饼的木质托盘会放在我们面前,他小心翼翼地从高处把几张饼子扔进我们的餐盘,免得手沾上不干净的东西——这就像是从神的手中夺食,神的心头十分不乐意,但碍着面子,还是施舍一点。他也会问我还要不要添一张饼,我当然明白最让他高兴的回答是什么,为了让他满意,每次都说不用添。

依什沃还负责保管我们的零花钱,每天下午去采购点心。一大早他都会问我们想吃什么。我们知道,越便宜的,他就觉得越好,所以我们一般只要个炒米花啥的,或者是难以消化的煮鹰嘴豆和烤花生。显然,在饮食方面,依什沃可没有像讨论经典作品时那么一丝不苟。

师范学校

在东方学校念书的时候,我发明了一个办法来提升自己低微的学生地位。在家里凉台的一角,我开了一个班,木头栏杆是学生,我手里拿着一根木条,坐在栏杆前面,当它们的老师。谁是好学生,谁是坏学生,我心里一清二楚——时间长了,我甚至还分得出谁安静、谁淘气,哪个聪明、哪个愚笨。有几根调皮的木栏杆老是挨我的木条抽,它们要是有生命的话,一定被我打得宁愿去当鬼了,而且越是挨抽,它们的样子就越不招人待见,就越惹我生气,弄得我不知道该怎样责罚,才能让这些没用的家伙有出息。对于这一班有苦说不出的学生,它们遭过的罪已经无迹可循,如今,铁栏杆取代了之前的木头栏杆,新一代的学生并不接受这种简单粗暴的教育方式,木条再也产生不了效果了。

从那时起,我就意识到,养成良好的学习态度要比养成良好的学习方法容易得多。我毫不费力就从老师身上学到了暴躁、性急、偏心和不公正，却没有掌握该学的知识。唯一令我宽慰的是，除了这些哑巴学生，我没有把自己的野蛮行为发泄到别人身上，但是，虽然木头栏杆和东方学校的学生之间存在很大的差异，我心胸之狭隘和学校里的老师却是一样的。

我在东方学校待的时间不长，因为我读师范学校的时候，年纪仍然很小。我只记得一件事：上课之前，孩子们会坐在走廊，吟唱一些诗篇——看来校方是想寓教于乐。

不幸的是，诗句是英文的，调子也是外国味儿的，所以我们根本不知道自己口中念出的是什么咒语，文字无意义，曲子还单调，弄得我们一个个哭丧着脸。但是学校却满意得很，觉得自己践行了一种快乐学习的全新教育理念，至于效果如何，就没有查看的必要了。因为孩子们就得照着他们说的做，如果没有获得快乐，那肯定是孩子自己的罪过！他们从一本英文书上找到这个理论，顺便也借用了那首歌曲，对于这种抄袭行为，他们很得意。

这段英文从我们嘴里唱出来，变成了一种语言学家喜欢琢磨的语料，我记得有一句：

"Kallokee pullokee singill mellaling mellaling mellaling."

想了半天，我才猜到一部分原文，那个"Kallokee"是哪个英文单词变来的，我还不清楚，剩下的部分我猜是：

"……full of glee, singing merrily, merrily, merrily!"（高兴至极，快乐地，快乐地，快乐地唱！）

当我对师范学校的回忆渐渐从模糊变得清晰时，这些回忆里没有一点甜蜜的成分。我当时要是多和年纪大一点的孩子交往，学习的痛苦也许会少一些，但这是不可能的——大多数孩子的言行举止都很讨厌，我只好在中午休息时分跑到二楼，坐在临街的窗前，心头默念着：一年、两年、三年……还有多少个年头，会这样无聊地度过呀！

教过我的老师，我还记得一位，他一张嘴就脏话连篇，我实在看不起他，拒绝回答他提出的任何问题。在他的班上，我总是默默地坐在最后一排座位，别人忙着听课，我就如老僧入定，脑子里思考着很多疑难问题。

我记得有一个问题是如何才能不用武器战胜敌人。在同学们朗朗的背书声中，我想得出了神。训练出一些狗、老虎和其他的猛兽，让它们上战场，排成几行，这样就能激励士气，然后战士们再发起冲锋，最后凯旋。当这个极其简单的战略构想在我的想象中越来越鲜明生动的时候，我方岂有不胜之理？

没踏上工作之路前，我的脑子总是很好使，奇思妙想层出不穷，工作以后，我发现麻烦就是麻烦，困难还真是困难。这样的情况当然令人不愉快，要是还想投机取巧，就会难上加难。

我在这个班上的头一年终于熬过去了，大家参加了瓦查斯帕蒂老师用孟加拉语进行的考试，我得了第一名。那位老师向校方举报，说考官袒护我，考试时做了手脚，所以我又重考了一次，这次校长坐在考官身旁的椅子上，这不巧了吗，我又考了第一名！

第 2 章

人生一世，草木一秋

泰 戈 尔 散 文 精 选

作　诗

　　那时我肯定没满八岁。我的外甥乔迪比我大得多,他痴迷英国文学,常常怀着极大的热忱朗诵《哈姆雷特》的大段独白。但他怎么突然心血来潮,想教我这样的毛孩子作诗,我也不懂。一天下午,他把我叫到房间,让我试着写首诗,然后又给我讲解如何在帕雅尔韵律里凑够十四个音节。

　　在这之前,我只读过印在书上的诗——没有拿笔圈出来的错字,也没有瑕疵和修改,完全是一挥而就。我哪敢奢望自己也能写出这样的诗来。

　　有一天,家里抓了一个贼。我吓得发抖,但抵不住好奇,冒险去现场偷看了一眼。我发现这个贼也不过是个普通人,守门人狠狠地抽打他时,我不禁对他产生了怜悯之心。我学着写诗的经验也是如此。

　　当我随意把几个词凑在一起,就写出了帕雅尔诗行,幻想中诗人头顶的光环顿时变得黯然失色。时至今日,当可怜的诗歌被胡乱对待时,我也会感到不快,就像当年我见到那个贼挨打一样。有时我也产生恻隐之心,却无法管住双手,继续摧残诗歌。即使那个贼,也没挨过这么多打,吃过这么多苦吧?

敬畏之心一旦消失,谁也阻挡不了我写诗的兴致了。我从管理我家庄园的一位职员那里弄来一本手抄蓝纸本,又亲手用铅笔在页面画了几道横线,歪歪斜斜地开始写诗。

就像一只刚刚长出犄角的小鹿,哪里都想碰一下,我这个诗坛新秀总是拿着自己胡诌出来的几行诗作,到处给人添麻烦。哥哥为我会作诗而感到骄傲,在家里到处寻找听众,让我念诗给他们听。

我记得有一天,我们兄弟俩跑到一楼的办公室,在庄园主管面前念完诗后,一出门就遇见了《民族报》的编辑纳沃戈巴尔·米特拉先生。他刚跨进门槛,哥哥一把抓住他:"嘿,纳沃戈巴尔先生!罗宾写了首诗,您不想听听吗?"话音未落,我就朗诵起来。

我当时没写几首诗,还凑不够一本诗集,不过这倒是方便我把所有的作品都随身揣在口袋里。写作、印刷、出版,我一个人身兼数职,哥哥只在宣传方面,助了我一臂之力。我写的是一首描写莲花的诗,站在楼梯口,念给纳沃戈巴尔先生听了,念得很大声,激情澎湃。"写得不错!"他微笑着说,"不过,能解释一下'Dwirepha'是什么意思吗?"

我已经忘了"Dwirepha"是从哪儿冒出来的了,"Bhramara(大黑蜂)"一词其实也能押韵,但整首诗中,我唯独对"Dwirepha"这个词寄予厚望,这个作为诗眼的词让我在庄园的职员面前赢得一阵喝彩。但纳沃戈巴尔先生竟然不为所动——他只是笑了笑!我猜他肯定不是一个善解人意的长辈,所以我再也没给他念过我写的诗。一晃这么多年过去了,我还是没学会如何让听众们理解我的诗句。也许纳沃戈巴尔先生还会冲我微笑,"Dwirepha"这个词,就像一只喝多了蜜的大黑蜂,守在自己的地盘,纹丝不动。

学知识

有段时间，师范学校的老师尼尔卡默尔·考什尔先生经常来我家辅导我们学习。他身体瘦弱，形容枯槁，嗓音尖细，看上去就像是一根披着人皮的细藤条。早上从六点到九点，他负责给我们上课，我们跟着他，从学习奥卡尔库马尔编写的《美术入门》《事物的思考》和沙特葛里·达多编写的《生物进化》，到研读麦克尔·默图苏登·达多的长诗《因陀罗吉特伏诛》。

此外，我的三哥苏敏德拉纳特还特别热心于给我们传授各个学科的丰富知识，所以，我们在家里学到的知识，大大超过学校的教学内容。清晨，天刚蒙蒙亮，我们就起床，束上腰带，跟一位独眼拳师学习摔跤。接着，带着在摔跤场沾染的尘土，我们穿上衬衣，开始学习物理、数学、几何、历史、地理和《因陀罗吉特伏诛》。从学校放学回来，图画和体育老师已在家里等候我们。黄昏时分，阿考尔先生来教我们英语。晚上九点以后，我们才能休息。

星期六上午，毗湿奴·琼德拉先生给我们上音乐课。此外，差不多每个星期六，希塔纳特·达多先生都用咒语般的生动语言，为我们上自然实验课。我对这门课特别感兴趣。有一天，他用木屑点燃火，加热玻璃容器里的水，为我们演示。点火加热后，容器底部的水变轻，向上流动，上层较重的水向下流动，于是水咕嘟咕嘟地沸腾起来。我记得当时见了这个情景，内心惊讶得很。之后有一天，我又弄清楚了牛奶中的水是另一种物质，加热的话，水可以变成蒸汽飘散，牛奶变得浓稠。对此，我也感到特别开心。星期六上午他要是不来，那天对我来说就不是货真价实的星期天了。

此外，还有一段时期，我们跟康贝尔医学院的一个学生学习人体解剖学，为此家里人还买了一副用铁丝穿起来的骷髅，挂在我们学习的房间里。同时，海伦伯琼德拉·沃特楞特拉先生开始教我们梵文，让我们背诵"毗湿奴""梵天"等名词，以及普玻得维写的梵文语法规则。解剖学中各种骨头的专有名词和普玻得维制定的语法规则，究竟谁战胜了谁，我不得而知。我觉得那副骷髅似乎略占下风。

孟加拉语学习到一定的程度后，我们开始学习英语。英语老师阿考尔先生白天在医学院学习，傍晚时登门讲课。

书告诉我们，钻木取火是人类最了不起的发明，对此我无意提出异议，但我不由自主地产生遐想，鸟儿们晚上不懂点灯，真是它们莫大的幸运。鸟儿一般大清早开始学习语言，而且学得心情畅快，大家想必注意到了。当然，还有一点不得不指出，鸟儿不必学英语！

这位当家庭老师的医学院学生身体强壮得出奇，超出我们三个学生的想象，我们只好由衷地希望他生一场病，不能来上课，可他天天都让我们的希望落空。只有一次，医学院的孟加拉学生和外国学生之间爆发冲突，凶狠的敌方扔过来一张椅子，正好击中他的脑袋，顿时血流如注。发生这样的事，确实令人痛心疾首，不过那几天，我们并没有因为英语老师的额头被砸破，上不了课而感到倒霉，相反，我们觉得他康复得如此之快，简直是一种罪过。

夜深了，下起了瓢泼大雨，马路上的积水没过膝盖，我家花园后面的池塘里的水快要漫出来了。池塘边的枣树垂着长发蓬乱的头颅，直直地挺在水面上。在雨季黄昏欢悦的氛围中，我们兴奋的心田仿佛盛开出一朵金色的昙花。规定的上课时间已经过了三四分钟，仍不见老师的身影，但今天他究竟来不来，谁也猜不出。我们把椅子搬到临街的游廊上，目不转睛地望着巷子的转角处。突然，胸膛里的心脏仿佛"啊——"地惊呼了一声，直挺挺地晕倒在地。那把我们再熟悉不过的黑色雨伞，终于不屈服于恶劣天气，在远处出现了！说不定是别人呢！不是他，肯定不是他！在这宏大的世界上，可以找到薄婆菩提那样的人，但在那个大雨滂沱的黄昏，在我们楼前的小巷子里，绝不可能出现像这位英语老师那样忠于职守的第二个人。

现在回想起来，我觉得阿考尔先生并不是那种对学生很凶的老师。他从不拿鞭子管教我们，就算有时用大嗓门吼我们，也不是生气的咆哮。但不管他有多么好心肠，他教课的时间是在掌灯后的夜晚，而且教的又是令人讨厌的英语！度过了一个痛苦难熬的白天，即使把在黄昏时分点燃惨淡昏暗的油灯、教孟加拉孩子学英语的重任交给毗湿奴大神，在我们眼中，他也会变成阎王的使者。

我还记得，有一天阿考尔先生耐心地跟我们解释，说英语并非枯燥无味。为了说明学英语是很有意思的，他感情充沛地朗诵了一段，说不清那是诗还是散文。我们听了觉得很古怪，哄笑起来，打断了他的朗诵。他似乎明白了，英语好学还是难学，这是难断的公案。谁想把英语学好，只能靠自己去琢磨个十多年。

我们的老师经常另辟蹊径，把课本之外的和煦清风吹到家庭课堂的荒漠中。有一天，他突然从口袋里掏出一个用纸包裹着的"秘密"，告诉我们："今天，我要让你们见识见识上帝令人惊叹的创造奇迹。"说完，他打开纸包，取出一个人的气管，并给我们详细讲述了气管的所有功能。

我清晰地记得，当时心头受到了强烈震撼。我以前只知道是个人就能说话，现在亲眼见到发声器官，听老师把说话这件事如此精细地加以剖析，让我眼界大开。不过老师热情的讲解并没有感染我太多。说话的真正奥秘在这个人身上，而不是存在于他的发声器官里。解剖人体的时候，这位老师也许忘了这一点，所以，他有关气管的讲解，最终未能拨动孩子的心弦。

后来还有一次，他带我们去参观医学院的解剖室。解剖台上有一具老妇人的尸体，见到尸体，我的心跳并没有加快，但一条被切断了扔在地板上的腿，使我震惊不已。把人体肢解得支离破碎，真是太残忍、太荒唐了！事情过去了很久，但地板上那条发黑的、刺眼的腿还在我的脑子里挥之不去。

好不容易学完了贝利塞尔卡尔编写的两册英语初级课本，麦克尔克斯编写的高级课本又被塞到了我们手中。我们之所以讨厌英语，一是夜晚上课，身心早已疲惫不堪，只想回内院去睡觉；二是课本的封皮又厚又黑，书中选用的语句艰涩难懂，内容也是冷冰冰的，丝毫看不到守旧的文艺女神对孩子们付出母亲般的关爱。不像现在的童书，课本上一幅插图都没有，把守在每一篇课文大门口的，是一排排音节的发音规则，高举着重读符号的刺刀，为"屠杀"儿童进行战术演练。我们不断地在课文门口发起一次又一次冲锋，"杀"得头破血流，但都铩羽而归。

老师经常表扬他教的另一个聪慧的学生，责备我们不像他那样用功。这种比较性的批评，并没有让我们对那个孩子产生好感。我们很惭愧，觉得自个儿比不上他，但那本黑色封面的厚课本，始终原封不动地躺在课桌上。

也许连老天爷都动了恻隐之心，在一切艰深难懂的东西上面，下了引人脑子犯迷糊、哈欠连天的魔咒。我们一开始学英语，就想打瞌睡。即使往我们的眼皮上洒水，或者罚我们在走廊里跑步，也起不到效果。幸亏这时候大哥迪琼德拉纳特从教室外的游廊里走过，看见我们一个个昏昏欲睡的样子，就招呼老师下课。但也就是在这个瞬间，我们的瞌睡虫一下子飞走了，真是奇怪！

外出旅行

有一次，加尔各答流行登革热，我们这个大家族的一些人逃到恰都先生的河边别墅避难。我也去了。

这是我第一次出远门。恒河的沙岸就像前世熟悉的朋友，把我拥入怀中。仆役住的屋子前面，有一片番石榴林，我经常坐在树荫下的凉台，透过树干之间的空隙凝望着奔流的恒河水，打发日子。每天早晨，我从床上一起身，就觉得新到来的一天又像是一封镶着金边的信，拆开信封，就能得到一些没有听说过的新鲜事。我生怕错过信里的内容，匆匆忙忙洗漱完毕，就跑到外面，坐在椅子上。每天看着恒河水涨了又退，各种船只往来穿梭，番石榴树的影子从西变到东……对岸树木排列有序，树影边缘，金色的夕阳像涌出的生命之血，染红了黄昏时分的天空。有时大清早就乌云密布，对岸的树林变得阴暗，仿佛黑影在河上移动。接着，一阵呼啸的大雨猛扑而来，遮住了地平线。朦胧的对岸含泪和我告别，河水带着压抑的喘息声涨了起来，湿润的风自由地吹拂着头顶的树叶。

我觉得自己钻进了房梁、立柱和墙壁的肚子里，获得了新生。学会用全新的视角看待万物后，遮蔽在天地间的破旧面纱消失得无影无踪。我相信早餐时吃油炸薄饼时蘸的甘蔗糖，与天国里的大神因陀罗畅饮的仙酒是一个味道，因为仙酒的秘密并不在酒，而在于喝酒的人，那些一味追求长生不老的人，实在是本末倒置。

屋后是一处带围墙的场院，有个小水池，台阶从沐浴台延伸到水面。沐浴台边，一棵蒲桃树枝繁叶茂，四周还有各种果树，都长得郁郁葱葱，水池就藏在树荫里。幽静的内花园像戴着一层面纱，不同于屋前宽阔的河岸，对我有一种奇妙的魅力。花园就像屋子里的新娘，躺在亲手绣制的五彩被上睡午觉，低声诉说着心中的秘密。有多少个中午，我独自坐在蒲桃树下，幻想着水池深处可怕的夜叉王国。

我一直很想看看孟加拉的村庄是什么样子。乡村的农舍、草棚、小路、浴场、娱乐和集会，田野和市集……想象中的乡村生活深深地吸引着我。这样的乡村就在花园的围墙外，但我们是不被准许去那儿的。虽然离开了家，但我们并没有获得自由。从前我们像笼中的鸟，如今栖息在枝头，脚上的铁链仍然在。

一天清晨，家里的两位长辈去村里闲逛。我再也抑制不住内心的好奇，也偷偷溜了出去，保持一定距离，跟在他们身后。我走在幽暗的小路上，两旁是密密麻麻的灌木树篱，水池边长满绿油油的水草，我心花怒放地看到一幅又一幅的画面。我还记得那个赤裸着身子的男人，在水池边洗了个晚澡，用一根嚼烂的树枝在刷牙。突然，长辈发现了跟在后面的我。"去，去，赶紧滚回去！"他们骂道。他们觉得我的样子很丢脸，光着脚，没戴头巾，衣服外面也没有罩袍。我衣衫不整就偷跑出来，这难道是我的错？我本来就没穿过袜子，也没啥衣服。那天早上我灰溜溜地滚回去了，后来也没找到机会弥补自己的缺点，得到允许再去村里逛逛。虽然"彼岸"从后面将我拒之门外，但"前方"的恒河却把我从一切束缚中解放了出来，我的心灵，只要它愿意，无论何时都可以驾着小船欢快地扬帆漂流，奔向那些地图上都找不到名字的地方。

这是四十年前的事了。从那以后，我再也没有踏进过那座别墅花园。老房子，老树，一定还在那里，但肯定不是原来的样子了——那种令人新奇的感觉，我现在去哪儿才能找到呢？

我们又回到城里的家。我的日子如同每天端来的饭菜，被师范学校那张嘴狼吞虎咽吃了下去。

习 作

  那个手抄的蓝纸本上很快就写满了诗,歪歪斜斜的线,粗细不一的字,就像一个蜂巢。小诗人很快用自己的热情把封皮揉皱了,然后又把边角磨得坑坑洼洼,卷起的边像一个个爪子,似乎要把里面的诗紧紧攥在掌心。后来,不知它被扔进了哪条河,书页也被仁慈地冲走。不过,它摆脱了被印刷机碾轧的悲惨命运,也免去了评论家们的指手画脚。

  不得不承认,相比诗的内容,我更热衷于到处宣扬自己在写诗。沙特戈利先生不是我所在班上的老师,却很喜欢我。他写过一本有关博物学的书——这一点,我可不希望哪位爱抖机灵的幽默家,把他对我的宠爱与那本书中的内容瞎联系。有一天,他把我叫到跟前:"听说你在写诗,是吗?"我没有隐瞒。从那以后,他经常交给我一两行诗,让我把后面续完。

  我们学校的戈温德老师皮肤黝黑,又矮又胖。他是督学,总爱穿一身黑色套装,坐在二楼的一间办公室里,手里不停地在注册簿上写着什么。谁犯了事，由他负责惩罚，所以我们都很怕他。有一次，为了不挨几个同学的欺负，我躲进了他的办公室。对方是五六个大孩子，而我孤零零一个人——还有我的眼泪做证。我打赢了这场"官司"，从那以后，戈温德先生的心中为我预留了一个庇护所。

一天课间休息时，他把我叫到办公室。我战战兢兢地走进去，还没走到跟前，他就问我："听说你写诗？"我承认了。他委托我写一首道德训诫诗，内容讲什么的，我忘了。像戈温德先生这么严肃的人，居然请求我写诗，这种亲切感，只有他的学生才能领会。第二天，我把写好的诗交给他，他把我带到高年级的教室里，让我站在同学们面前。"念吧！"他说道。于是我就大声念起来。

这首训诫诗唯一值得夸赞的地方，是它没多久就被大家遗忘了。班上同学们的反应和道德训诫完全不沾边——听完这首诗，听众非但没有对诗人表达出半点崇敬之心，反而在台下窃窃私语，断定这肯定不是我写的，有个孩子甚至说我是抄的，他连我抄的那本书都有，当然，也没人当真要他拿出那本书。对于那些相信我的人，证明起来也很麻烦。从那以后，追求诗名的人数量激增，而他们所钟爱的题材，自然与道德训诫无关了。

如今，小孩子写诗已经不是什么新鲜事。诗人的头顶早已没有了光环。我记得早些年，姑娘要是会写诗，简直会被捧上天，而现在要是有人说哪个女子不会作诗，才是一件怪事。孩子们还没有升入孟加拉学堂的高年级，诗才的幼苗就破土而出了。戈温德先生要是活到现在，肯定不会对我的诗有什么惊讶之感了。

斯里干达先生

那时我拥有了一位听众,现在可找不到这样的听众了。他啥都喜欢,所以不适合当什么月刊的评论员。这位老人就像一颗熟透了的阿方索杧果,天生不带一点酸味。他有个秃脑门,胡子刮得干干净净,满脸和气,嘴里的牙掉光了,一双大眼睛永远闪烁着幽默、愉快的光辉。他用柔和而浑厚的嗓音说话时,似乎全身都在说话。他热衷于古波斯文,一点英文都不会,与他寸步不离的伙伴是一根水烟杆和抱在怀里的西塔琴。他终日歌声不断。

斯里干达先生是个自来熟,与生俱来的亲切感,让他无论遇到谁,都能聊得很投机。一次他带我们去一家英国人开的照相馆照相,他用孟加拉语夹杂着印地语,跟老板聊了一通,他的话让老板为之动容,他说自己是个穷人,但很想拍张照片。老板微笑着给他减了价钱。在英国人开的店铺,讨价还价并不是常有的事,但从斯里干达先生口中说出来,却让人觉得天经地义，因为他的态度是那么真诚、不做作，谁见了都不会生气。有时他还带我去一个欧洲传教士的家，在那里，他唱歌、弹琴、逗传教士的小女儿、赞美传教士夫人脚上穿的小靴子，很快让气氛活跃起来。换作是别人，做这些事就显得可笑，甚至招人厌。他天真得像个孩子，他的热情感染了每个人。

斯里干达先生从来不粗暴待人，为人很谦和。有一段时间，家里请来了一位小有名气的歌唱家。喝得烂醉的时候，他就讽刺挖苦斯里干达先生的歌声。对此，斯里干达先生总是报以宽容的态度，从没想过要还击。最后，家里人对这位歌唱家的行为忍无可忍，决定辞退他，斯里干达先生却替他说情，表示"不是他的错，是酒惹的祸"。

他不忍心看别人受苦，也不忍心听悲惨的事。所以学生们想捉弄他时，就跑到他跟前念一段维达萨托尔的《悉多的流放》，他会难过得要命，连连摆手，哀求他们别再念下去。

这位老人是我父亲和哥哥的挚友，也是孩子们的好伙伴。他似乎和我们每个人年龄相仿，就像水流遇到石头，会围绕着石头翩翩起舞，他一旦被拨动心弦，也会高兴得手舞足蹈。有一次我写了一首赞美诗，描述了人世间的种种磨难，斯里干达先生认为把这首珠玉之作念给我的父亲听，他肯定会大喜过望。他乐滋滋地跑去，把这首诗给我父亲看了。幸亏我当时不在场，后来得知，父亲觉得又好笑又无奈，尘世间的忧患竟然这么早就开始折磨他的小儿子，非要写首诗来倾诉。不过我敢保证，要是学校的戈温德先生读到我这首好诗，一定会表扬我的努力，并奉上他的尊敬。

在唱歌方面，我是斯里干达先生的得意门生。他教我唱过一首《克里希纳的芦笛》,并且把我拉进每个人的屋子,叫我唱给大家听。我一边唱,他一边弹西塔琴伴奏,到了合唱部分,他也加入进来,反复唱那几句副歌,冲着听众微笑点头,点燃他们的热情和叫好声。

斯里干达先生是父亲忠实的崇拜者。他给一首赞美诗配上了新曲调,歌名叫《他藏在我内心最深处》。当他把这首歌唱给我父亲听时,激动得从椅子上跳起来,飞快地弹着西塔琴,先唱了一句"他藏在我内心最深处",然后跑到我父亲面前,挥舞着手,把歌词换成了"你藏在我内心最深处"。

这位老人最后一次来拜访我父亲时,父亲已经卧病在床,住在钦苏拉河边的一栋别墅里。再后来,斯里干达先生也病魔缠身,不能行走,要用手把眼皮拨开才能看见东西。在女儿的搀扶下,他从自己住的维尔波姆走到钦苏拉,艰难地向我的父亲行了个触脚礼,就回到钦苏拉他借住的地方去了。几天后,他咽了气。后来我听他的女儿说,弥留之际,他的嘴里还唱着《主人,你的仁慈是何等甜蜜》,然后回到了永恒的青春。

孟加拉语课结束

在升入享受助学金的高年级的前一年，我正在学习孟加拉语。在家里，我学习的孟加拉语课程比学校教科书上的内容艰深得多。我们早就学完了奥卡亚·古玛尔·达多编写的物理课本，长诗《因陀罗吉特伏诛》也读完了。虽然学了物理学，但只限于书本上的知识，与身边的东西并没有结合起来，光背了一些抽象的概念。其实，那段时间白白地浪费了，而且在我看来，这简直是双倍的浪费，因为我们要是无所事事，充其量只是浪费时间；而浪费时间做了很多蠢事，损失更无法挽救。《因陀罗吉特伏诛》对我们来说也不是什么消遣，或者放在盘子里的美味佳肴。美食要吃到肚子里才有用，要是砸在脑袋上，也会成为危险的武器。用一首优秀的诗篇来教语言，相当于用刀剑刮胡子，既委屈了刀剑，也难为了脸颊，弄得伤痕累累。从审美趣味的角度而言，《因陀罗吉特伏诛》完全可以充当诗歌艺术的教材使用，但拿它哄人，当作字典使用，讲解语法，智慧女神绝不会满意的。

一天，我们接到通知，在师范学校的课业结束了。事情是这样的：我们学校的一位老师想读格索里·莫罕·米德拉写的我祖父的传记，我的同窗——同时也是我的外甥萨提亚壮着胆子，到我父亲的书房跟他借这本书，他觉得和我父亲交谈时，不能使用普通人口中的孟加拉方言，于是精心组织了几个文绉绉的句子，恭恭敬敬地向我父亲提出要求。听了他的话，我父亲才发觉，我们口中的孟加拉语，似乎已经走得太远，与孟加拉人的个性脱了节。第二天上午，我们照例把桌子搬到南屋的凉台，墙上挂起黑板，坐着等尼尔卡默尔老师讲课，父亲忽然派人把我们三个叫到他三楼的房间里，严肃地说："从今天起，你们不必再学孟加拉语了。"

听到这句话，我们心花怒放。这时尼尔卡默尔先生还坐在楼下，孟加拉语的几何课本摊在桌上，也许还打算让我们背一背《因陀罗吉特伏诛》的篇章。然而，就像人在临终之际，面对安排得井井有条的家务事，一切都变得多余了。在我们眼中，从老师到挂黑板的钉子，眨眼工夫，全都变得像海市蜃楼一样虚无缥缈。但是，如何面带恰到好处的庄重神情，把我们告别孟加拉语学习的噩耗告诉那位向来严肃的老师，成了一道难题。最后，我克制住心头的激动，吞吞吐吐地把父亲的决定告诉了他。挂在墙上的黑板上，画好的几何线条目不转睛地盯着我们。《因陀罗吉特伏诛》中的每一个字，一直是我们的敌人，如今默不作声地躺在桌上，双方终于能冰释前嫌、化敌为友了。

临别时，尼尔卡默尔先生说："为了尽责，我对你们严厉了些，请别见怪。我教给你们的东西，你们将来会明白它的价值的。"

后来，我确实明白了它的价值。正是童年时学的孟加拉语，让我日后能从容地进行创作。学习，应该像吃饭那样，从第一口咀嚼食物，就享受到食物的美味，那么在吃饱之前，肠胃会一直处于亢奋的状态，消除对营养吸收的怠慢。孟加拉的孩子学习英语却交不上这样的好运，第一口咬下去，上下牙就疼得打战，嘴巴里像是发生了一场小地震。等他明白英语不是石块，而是需要大量唾液才能溶解的硬糖，人生已经耗掉了一大半。把英语的拼写和语法拼命往嘴里塞，噎得流鼻涕，掉眼泪，肚子里仍然饥肠辘辘。等费尽波折，终于尝到食物的滋味，人已经饿得快不行了。心灵从一开始没有得到发挥，动力就会枯竭。在那个时代，当我们周围轰轰烈烈地掀起学习英语的热潮，是三哥大胆地为我们安排了学习孟加拉语的课程，对他的在天之灵，我表示最真诚的感激。

教　授

离开师范学校，我们进了一所欧洲人办的孟加拉私立中学。入了学，我们增加了几分自豪感，似乎一下子长大了，至少跨上了自由的第一级台阶。我们在这所学校最大的感受，就是自由的氛围。我已经想不起在那儿学了什么，偷懒、不用功也没有人管。学生个个是调皮鬼，但并不招人厌，这让我心里特别舒畅。有的学生在手心里反着写一个"ass（驴）"字，冲别人"hello（喂）"一声打招呼，假装亲热地在对方背上拍一下，"驴"字便清晰地印在背上了。有的走着走着，冷不丁把剥了皮的香蕉往旁人脑袋上戳一下，转眼便不见了人影。还有的"咚"地给你一拳，等你转过身，又像没事儿一样把脸望向别处，看他那副模样，明明是个文静的人。这些恶作剧时常发生，无伤大雅，更不是侮辱，大家最多一笑了之。在我看来，这好比走出了烂泥地，踩在岩石上，即使还有点担心，但已经不怕弄脏了。

对我这样的孩子，这所学校有一大好处：没人会抱着渺茫的希望，觉得我们爱读书，将来会出人头地。这所学校规模很小，经费也不足，因此让校方感动的是，我们每月都按时交学费。所以，拉丁文法课没有成为我们扛不动的负担，作业里犯了严重错误，也不会有人给我们的脊背抽几鞭子，落下伤疤。当然，这倒不是说老师有菩萨心肠，可怜我们，而是狡猾的校方提前向老师打过招呼。

尽管尝不到教鞭的味道，但这儿毕竟是一所学校。教室像牢房，四壁像警察一样看管着我们，没有一丝温情。校舍不像人住的地方，而是鸽子笼，笼子里没有装饰物、图画和色彩，没有一处地方能吸引孩子的心灵。学生们喜欢什么，讨厌什么，这些属于心理方面的东西，在这儿没人考虑、没人稀罕。所以，当我们跨进学校的大门，走到那个狭小的四方庭院，整个人都变得萎靡不振了，于是，逃学成了我们的家常便饭。

说到逃学，我有个好帮手。我的哥哥们有一位教波斯语的老师，全名我忘了，大家都叫他"门希"（阿拉伯语，意为"教师"）。他人到中年，瘦得皮包骨头，仿佛只有一张黑羊皮纸蒙在他的骨架上，里面没有填充血肉。他精通波斯语，英语也不赖，但他的抱负并不在外语方面。他觉得自己精通棍术，音乐方面也有非凡的造诣。他经常站在我家的院子里，沐浴在阳光下，"嗖嗖"地挥舞木棍，耍出一整套奇特的造型。他把自己的影子当作假想敌，果不其然，他的影子从来没有战胜过他。最后，他大吼一声，棍子击中身影，他的脸上露出胜利的微笑，影子则垂头丧气，默默地躺在他的脚边。他唱歌时总跑调，听起来像是从阴间传来的声音，呜呜咽咽，令人汗毛倒竖。教我们唱歌的比斯纽经常调侃他："我说,门希先生,你的唱功可真了不得,把我们嘴里的面包都要抠出来啦!"门希也不答话,只是报以轻蔑一笑。

从上面的描述可以得知,想讨门希先生的欢心并不难。无论什么时候,只要我们求他帮忙,他马上就能写出一封信交给学校,说我们要请假。校方从不费心细看收到的信,因为他们心里有数,从教学的效果来看,我们上不上课都是一样的。

现在,我自己也办了一所学校,学生们也淘气、犯各种错误。淘气是孩子的天性,老师却总是不依不饶。我们的老师里如果有谁对学生的淘气感到愤怒或者忧心忡忡,迫不及待地想给他们严厉处罚时,我们小时候在学校犯过的事,就会列队站在我面前,冲着我嘿嘿笑。

我懂了,说孩子淘气犯错,其实是大人在以自己的标准衡量孩子,忘了孩子像一股潺潺流动的清泉,如果犯了错,没有必要大惊小怪,因为流动的水能够轻松地返回航道,一旦停下脚步,反而很危险。所以,要提防自己犯错的不是学生,而是老师。

孟加拉私立中学有一个单独的房间,是为了维护种姓的纯洁,让孟加拉的孩子在里面用餐。在这间屋子里,我结交了几个朋友,跟他们一聊就是大半天。他们的年纪比我大一些,其中有一位值得特别介绍一下。

他嗜好魔术,而且玩得很好,甚至出过一本关于魔术的小册子,在封面上,他在自己的名字旁边加了个教授的头衔。在这之前,我从未见过有哪个学生的名字出现在印刷品封面上,所以我对这位魔术"教授"怀有深深的敬意。在这一行行方方正正的印刷文字之间,怎么可能混进骗人的东西呢?印在书本上的铅字就像我们的老师,让我们心生敬畏。想想看,能把自己的话用抹不掉的墨水印出来,这肯定不是一件小事!

毫不遮掩，落落大方，那些字母列队站在世界面前，展示着他的才华！他如此自信，我们还有什么理由不相信呢？记得有一次，是梵社或者别的什么地方印刷的刊物上有我的名字，我千方百计把字模弄来，在纸上拓印出名字，觉得这是一件很值得纪念的事。

这位出过书的同学成了我们的好朋友，经常搭乘我家的马车上学。那段时间里，他是出入我家的常客。他对演戏也有浓厚的兴趣，在他的帮助下，有一天我们在练摔跤的场地竖起几根竹竿，糊上白纸，在上面涂上颜色，搭了一个简易的戏台。也许是住在楼上的长辈表示反对，我们的戏台上一部戏也没演成。

后来，在没有戏台的情况下，我们演出过一场状况百出的喜剧。这出喜剧的作者，想必各位已经有所耳闻，就是我的外甥萨提亚。他现在总是一副恬静、儒雅的样子，谁也想象不到，他小时候脑子里有那么多鬼点子，能令人惊叹地创作出一台戏。

接下来我讲的那件事，发生在戏剧演出之后，那时我十二三岁。我们的那位"教授"朋友经常就某些东西的特性发表惊人的高见，听得我们目瞪口呆，弄得我心痒痒，也想自己验证一番。但是他提到的那些东西堪称稀世珍宝，来自遥远的地方，不跟随水手辛巴达出海，是没有机会找到的。有一次，"教授"一时说漏了嘴，泄露了一件比较容易办成的难事，于是我决心亲自试一试，用树胶往一粒种子上抹，连抹二十一遍，然后晾干，等一个小时后，种子就能发芽、开花、结果。这可不是天方夜谭！出过书的"教授"说的这些话，谁敢不信，谁敢嗤之以鼻？

一连好几天，我嘱咐家里的花匠收集来好几瓶树胶，在一个星期天，我们偷偷跑到三楼顶上的秘密基地，用一个杧果核做试验。我专心地往杧果核上抹树胶，放在阳光下晾晒，然后又抹，又晾干。我敢肯定，成年读者们是不会问我试验结果如何的，免得跟我一样幼稚。但是，萨提亚在三楼的另一个角落里，一个小时工夫就造出来一棵枝繁叶茂还结了奇怪果实的"神树"，我却一直不知道。

那天的试验后，"教授"也许是不好意思，总是躲着我。一开始我还没察觉，上了马车后，他不跟我坐在一起，而是和我保持一段距离。

有一天，他突然提议大家轮流从教室的椅子上跳下去，说要观察每个人不同的跳跃姿势。这种为了科学研究而产生的好奇心从一位会魔术的"教授"身上出现，并不是件怪事。同学们一个接一个跳了，我也跳了，"教授"严肃地摇晃着脑袋，低沉地"哼"了一声，至于是什么意思，无论我们如何追问，也没能从他嘴里抠出一句清晰的话来。

有一天，他告诉我们，说他有几个好朋友，想介绍给我们认识，邀请我们跟他一起到他朋友的家里去。家里的大人没有提出异议，同意我们赴约。到了之后，我们发现屋子里挤满了好奇的人，他们盛情邀请我唱一曲，我记得唱了一两首。那时我年纪还小，声音不像公牛那么雄浑。不少人点点头说："不错，嗓子很甜美！"

后来，主人把茶点端到我们面前，他们坐在四周，看着我们吃。我很少与外面的人接触，见了生人很腼腆，而且前文我提到过，在仆人依什沃的目光下用餐，我渐渐养成了一个习惯，吃得很少。观众们似乎对我娇弱的胃口印象深刻。

在这出戏剧的第五幕，我收到了"教授"寄来的几封信，语气很热情，一切都真相大白，终于落下帷幕。

后来萨提亚告诉我，那天我用杧果核进行试验的时候，他骗"教授"

说我是个身着男装的女孩，家长之所以这样做，是想把我偷偷送进学校，接受良好的教育。为何要强调女扮男装，我得解释一下，免得那些沉浸于臆想的科学研究中的人不清楚。据说女孩子在跳跃时，是先伸左脚，再伸右脚。在"教授"的实验中，我就是先伸的左脚，当时的我，一点也没有意识到我跳的是多么错误的一步呀！

第 ③ 章

世间应免离别愁

泰 戈 尔 散 文 精 选

我的父亲

我出生后不久,父亲经常在全国各地云游。毫不夸张地说,从童年时代起,他对我来说就是个陌生人。父亲偶尔突然回家,还带来一些外省的仆役,我十分渴望和他们做朋友。有一次,父亲带回来一个年轻的仆人,是旁遮普人,叫里努。他在我们心目中的地位,绝不亚于勒朗季特·辛赫本人。他不仅是外省人,还是地道的旁遮普人——难怪他一来就俘获了我心!

我们心中对旁遮普民族的崇敬,和对《摩诃婆罗多》里的毗摩和阿周一样。他们都是勇士,即使战败了,也一定是敌人的罪过。我家迎来一个叫里努的旁遮普人,这是无上的光荣。

我嫂子房间里有一个军舰模型,装在玻璃罩里,上紧发条后,舰身就会随着八音盒的叮叮咚咚,在蓝色绸布的波浪上摇晃。我求了好多次,才把这件宝物借到手。我想向这个来自旁遮普的里努显摆显摆。

在家的牢笼关了太久，外省的东西，带有异域风情的物件，我都怀有极大的兴趣。这是我看重里努的原因。另外，有一个叫加布里埃尔的犹太人，他穿着绣花长袍来家里兜售玫瑰精油的时候，我也很兴奋。还有那些高大的喀布尔人，穿着灰扑扑的裤子，裤管宽大，背着鼓鼓囊囊的包袱，也让我觉得很神秘。

每次父亲回家，我们都喜欢在他住的地方附近转悠，跟他的仆役们厮混，但就是见不到他。

有一次，父亲正在喜马拉雅山附近游历，有人说英国政府口中的妖怪——俄国人——就快来进犯印度了，顿时谣言满天飞，有些好心的太太跑到我母亲面前，添油加醋，跟母亲说大难就要临头了，早做准备为妙。俄国的军队会从中国西藏的哪条道过来，像邪恶的彗星一样扑到印度呢？

母亲很惊慌。也许是家里其他成员无法分担她的忧虑，大人们无法分忧解难，她只好跑来找我帮忙。"你不想给你父亲说说俄国人的事儿吗？"她问。

那封饱含母亲忧思的信，是我写给父亲的第一封信。我不清楚信该如何开头、如何结尾，于是跑去办公室，找到负责管理我家产业的秘书莫罕南达，总算把信写出来了。格式没问题，就是听上去像一份官方文件，冷冰冰的。

我居然收到了回信。父亲叫我别害怕，要是俄国人来了，他会亲自把他们赶跑的。话说得这么清楚，母亲心头的忧虑居然还是无法消除，反倒是我，因为收到这封回信，一下子鼓起了接近父亲的勇气。从那以后，我天天都缠着莫罕南达，求他代我给父亲写信。摆脱不了我的纠缠，他只好拟了一份草稿，叫我照着抄一遍。我当时不知道寄信还要付邮资，以为把信交到莫罕南达手里，就不用担心后面的事儿了。莫罕南达年纪比我大得多，也世故得多，这些信当然从未抵达喜马拉雅山。

在外游历了很久的父亲，哪怕回家只是小住几天，整个家庭都能感觉到他带来的压力。长辈们定时去父亲的房间，去之前要穿起长袍，亦步亦趋，表情严肃，要是嘴里正嚼着槟榔，要先吐掉。每个人都紧张兮兮。母亲亲自下厨，免得仆人做的饭菜出差错。执着权杖的门役叫基努，是个老人家了，身着白衣，头戴饰巾，守在父亲门口，他怕我们在凉台上的吵闹和追逐影响男主人休息，连连向我们发出警告。我们只好轻手轻脚，低声细语，连偷偷往屋里看一眼都不敢。

一次，我父亲回来给我们三个孩子主持授"圣线"的仪式。在梵学家瓦当达瓦吉许的帮助下，父亲从《吠陀经》里找来古老的仪式。一连好几天，我们和父亲的朋友毕查拉姆先生一起坐在厅堂，用传统方式不断背诵婆罗门教的经典《奥义书》中的经文，这是父亲以"梵天之法"的名义安排的。我们三个小婆罗门被剃光头发，戴上金耳环，在三楼的一间屋子里苦修了三天。

那是一段快乐时光。我们相互打趣，揪对方的耳环。我们在屋里找到一只手鼓，把它搬到凉台，每次看到有仆人从楼下经过，就使劲敲鼓，那人抬头一看，自认有罪，赶紧移开了视线。反正那几天，我们修得一点也不苦。

但是我相信，要是去一趟古代的净修林，肯定能遇到像我们这样的淘气包。典籍记载了十一二岁的舍罗堕陀和舍楞伽罗婆少年时终日背诵经文、祭祀火神，我觉得不必当真，因为孩子的天性远比书籍古老而可信。

成为真正的婆罗门后，我变得喜欢背诵《迦耶特里》了。我背得很流利、很专心，但年幼的我还不能领悟它的意义。我清楚地记得，借助"大地、苍穹、天国"这些词语，我努力扩展自己认知的广度。我是怎么理解的、怎么想的，很难表达出来，不过有一点是肯定的，理解字义并不是人类最重要的事。

教育的最大目的不是解释意义，而是叩启心灵。如果问一个小孩子，这样的叩击声是怎样一种声音，有没有唤起他内心的共鸣，他多半会瞎说，因为有些影响只可意会，难以明说。那些把考试奉为检验教育成果最好方式的人，对这样的说法肯定不以为然。

童年时，发生过许多我不太理解却深深打动我的事。有一次，在恒河岸边一栋别墅的屋顶平台上，我的大哥看到天空乌云卷舒，就吟诵起迦梨陀娑《云使》中的一节诗来。我不懂梵文，但无所谓，他专注的神情和铿锵的音节，已经感染了我。

还有，我那时才学了一点英文，找到一个插画本，书名叫《老古玩店》，从头到尾看了一遍，虽然大部分内容我都看不懂，然而凭借掌握的几个单词，再加上一幅幅插图，我对故事梗概就有了一点模糊的概念。去参加考试的话，考官肯定会给我一个大零蛋，但是能这样读一本书，说明我并非知识匮乏。

还有一次，我陪父亲乘船游览恒河。在他随身携带的书中，有一本胜天的《牧童歌》，是孟加拉文的，散文体。那时我不懂梵文，但是懂孟加拉文，所以很多词都熟悉。我忘了自己读过多少遍《牧童歌》，我记得有这么一句：

那是在孤寂的林间小屋度过的一夜。

这句话在我心里唤起一种朦胧的美感，那个叫"Nibhrita-nikunja-griham（孤寂的林间小屋）"的梵语词，对我来说就足够了。

我不得不自己去发现胜天创造出的奇妙韵律，因为这本《牧童歌》是用散文体改写的，没有诗行。发现的过程带给我极大的快乐。当然，我离弄懂胜天的作品中的意义还差得远，就算我夸口弄懂了，也不一定说得对。但文字的读音和韵律的轻快律动使我的脑海中充满了美妙绝伦的画面。我忍不住把整本书抄了一遍，供自己享用。

等我再大一点，读到迦梨陀娑《鸠摩罗出世》里的诗句，同样被迷住了。其实我只看得懂两句：

微风带着圣曼达奇尼河上瀑布的水雾，
摇撼着喜马拉雅雪松的叶子。

这让我渴望领略整首诗的美妙。后来，有位梵学家对我说，在接下来的两行，微风继续"劈开了渴望的猎鹿人头顶的孔雀翎毛"。这种浅显而精细的描述让我大失所望。我要是靠自己的想象完成这首诗，一定比这句强得多。

熟悉童年经历的人都明白，把一切了解得太清楚，并不一定会带来愉悦。吟游诗人最懂这个道理，所以他们的说唱故事里总有很多深奥的梵文词汇，让听众们听来听去也不明就里，只能瞎猜。

这种用领悟力来连猜带蒙的本事，连那些以物质得失来衡量教育成败的人，也从不轻视。他们以收支表对学习成果进行结算，想看看学生学到的东西能产生多少价值。然而，孩子和那些教育程度不高的人，他们住在原始的乐园，那里不需要理解每个步骤，就能学到很多东西。当人们失去了这个乐园，凡事都要讲出一个所以然，不幸的日子就来了。其实，不求甚解而获取知识的路径，才是最宽广的路径。要是关闭了这条路，这个世界仍然繁华喧嚣，但人们再也无法通往知识的海洋，抵达智慧的山巅。

就像我刚才说的，在儿时我并不能完全领悟《迦耶特里》经文的意义，但我的内心却有所触动。记得有一天，我坐在教室角落的水泥地上，背着《迦耶特里》的文字，眼泪夺眶而出。为何而流泪，我说不清，如果非要给出答案，我也许会扯一些跟《迦耶特里》毫不相干的理由。其实，人们内心深处发生的事，身处外部世界的自己并不总能明白。

与父同行

　　授圣线仪式上，我被剃了光头，这让我很苦恼。就算那些欧亚混血的孩子对神牛毕恭毕敬，对于婆罗门，他们也完全不放在眼里；就算他们不拿东西当作飞弹砸向光头，雨点般的嘲笑声也会把光头敲疼。就在我忧心忡忡的时候，有一天，我被召唤到父亲住的三楼，他问我，愿不愿意跟他一起去喜马拉雅山。这是他的原话。逃离孟加拉的学校，去喜马拉雅山！我愿不愿意？愿意——只有来一声响彻云霄的喊声，才符合我迫切的心情！

　　离家的那一天，父亲按照惯例把全家人都召集到厅堂里行祭礼。向长辈们行过触脚礼后，我和父亲一起上了马车。我长这么大，这是家里第一次为我定做了新衣服，布料、颜色和款式都由父亲决定。我还有了一顶嵌金边的天鹅绒圆帽，但我只把帽子拿在手上，因为我怕戴在光头上会更滑稽。上车后，父亲命令我戴上帽子，我只好遵命。趁他不注意，我摘下了帽子,但撞上他锐利的目光时,又只好乖乖地戴上去。

父亲吩咐的事和提出的建议都铁板钉钉。他不喜欢做事时拖拖拉拉、优柔寡断,更不容许敷衍。他有一套规矩来协调自己与他人之间的关系。在这一点上,他不像我们国人的脾性,懒散、马虎,还不以为然。因此我们和他打交道的时候,格外小心谨慎。做多做少情有可原,他最不能接受的是没有达到他的要求。

父亲的心里似乎也长了一双眼睛,要做的事,他提前想到了每个细节。召集聚会时,他会在心里盘算,安排东西摆放的位置,怎么坐,谁负责什么……结束后,他会让每个人来汇报、描述,这样就获得了总体印象。因此,我跟他一起出游时,我自娱自乐,他不会阻拦,但他定下的那些规矩,我必须严格遵守。

旅途的第一站是鲍尔普尔。萨提亚和他的父母之前来过这儿,回家后给我们讲得天花乱坠,这些话,十九世纪那些贵族子弟是不会相信的,但我们情况不同,没有机会去考察哪些是真、哪些是假。《摩诃婆罗多》和《罗摩衍那》没帮上什么忙,配了插图的童书也没能引导我们寻找到真理。所有用来管制我们的严酷法则,都是在犯了事儿之后才听说的。

萨提亚警告过我们,除非动作熟练,不然跳进车厢是件很危险的事——脚下一滑,就没命了。他还说要使劲抓住座椅,火车发动时会猛地颠一下,那强劲的力道,说不定会把你甩得老远。所以到了火车站,我心里直发毛,可我很轻松就登上火车,进了车厢,于是我猜,真正可怕的事儿还在后头呢,但结果火车顺顺当当就启动了,平稳得很。居然没有遇到意外和危险,我心头既难过又失望。

火车向前飞驰。广袤的田野,青绿的树荫,绿荫中若隐若现的村庄,像一张张画面落到身后，又如同一幕幕幻境消失在眼前。傍晚时，我们到了鲍尔普尔，一坐进轿子，我就闭上眼睛。我要把这里的美景都存在脑子里，等清晨的阳光唤醒我的双眼，再清晰地呈现在我眼前。我担心要是自己在朦胧的黄昏中撞见一些残破的景象，会毁掉我的新鲜感。

黎明时分，我紧张地走到门外。来过这儿的那位旅行者告诉我，与其他地方相比，鲍尔普尔的奇妙之处是从主楼通往下人住处的那段路上，头顶没有任何遮挡，经过时却不会有阳光和雨滴落在身上。我动身寻找这条神奇的小路，读者们肯定早就猜到了，我至今也没有找到那条路。

城里长大的孩子没见过稻田，只在书中读到过牧童的故事，乡野风光都是凭想象勾勒出来的。我听萨提亚说过，鲍尔普尔到处都是金色的稻田，在这儿，跑到田里与牧童游戏是很平常的事，要是还能一起收稻谷、煮成米饭，和牧童一起坐着吃饭，那更是优哉游哉。我急切地环顾四周。稻田在哪儿呢？这块贫瘠的荒野似乎什么都没有。不远处也许能找到牧童，可是谁能把他们和其他孩子区别出来呢！

对于这些看不见摸不着的东西，我很快就忘了——眼前这一切已经足够精彩。摆脱了仆役的"专制统治"，只有一圈蓝色的线条给我划出活动范围，那是遥远的地平线，是大地女神画上去的。在这片荒野，我终于能自由地奔跑了。

我只是个孩子，但父亲任由我到处闲逛找乐子。鲍尔普尔到处都是沙地，被雨水冲刷出一道道凹渠，形成一个个小山脉，山涧溪流潺潺，打磨出红色的沙砾和奇形怪状的鹅卵石，让我觉得仿佛置身于小人国。我喜欢收集石块，用衣襟兜起，拿去给父亲看。他从不轻视我的劳动成果，而是兴趣盎然。

"不可思议！"他赞叹道，"你从哪儿找到的这些石头？"

"还有好多好多呢，成千上万！"我大声说道，"每天都可以找这么多。"

"那敢情好！"他答道，"是不是可以用来点缀我的小山呢？"

有人曾经想在花园里挖一个水池，结果地下水位太低，还没挖到水层，就草草收场。挖出的土在一旁堆成一座小山丘，父亲习惯于坐在山顶晨祷。东方的地平线上，太阳冉冉升起。这就是他想让我点缀的小山。

离开鲍尔普尔时，我无法带走这些宝贝石头，难过得很。那时我还不懂，收藏了一些东西，并不代表能完全拥有它们。要是造物主答应了我的请求，允许我把这些石头带走，那么今天我就不敢嘲笑自己当初的举动了。

在一处峡谷，我不经意间发现了一泓清泉，穿过流沙，汨汨流溢，水中鱼儿穿梭嬉戏，逆流而上。

"我找到了一股泉水，清得很，"我告诉父亲，"我们能去那儿沐浴，喝那儿的水吗？"

"当然可以。"他和我一起分享这个喜悦，吩咐以后就从泉水里汲水喝。

我不知疲倦地在山谷间漫游，寻找别人没有发现过的东西，这里像极了《格列佛游记》里的小人国，我就是这块新大陆上的利文斯通。这儿的一切就像是从望远镜的另一端看到的，矮小的枣椰树、野李树和番石榴树，与我发现的小山、小河、小鱼在一起显得十分和谐。

也许是培养我做事小心，父亲给了我一点零钱，要我记账。后来他还把替他那块贵重的金表上发条的任务也交给了我。他不怕我会把表弄坏，只希望我懂得什么叫责任心。清晨我们一起散步时，路上遇到乞丐，他就吩咐我施舍些钱，只是到了该算账的时候，收支总是不平衡，甚至有一次我算出来的余额比总额还要多。

"我该请你来当会计，"父亲说，"钱放到你手里，就能变多！"

我兢兢业业地给金表上发条，也许是太过于热情，这块表很快被送去了加尔各答的钟表匠那里。

长大后，父亲叫我管理地产，每个月的头两三天，我得去他面前，把账目念给他听，因为他的眼睛不大好了。我先报出每个条目下的总额，如果他觉得有疑问，再询问细账。有时我怕某一项有纰漏或者算得不清楚，会惹父亲不高兴，就试图敷衍或者一笔带过，但最后肯定是瞒不住的。所以每个月的头几天我都格外紧张。

之前我说过，父亲习惯在心头把每件事理清楚——不论是计算账目，还是安排仪式，或者置办和出售产业。他没见过圣地尼克坦新建的庙宇，然而听了去过那儿的人的描述，他熟悉了每一个细节。他有惊人的记忆力，过目不忘。

父亲有一本《薄伽梵歌》，他在书中勾出喜欢的诗句，还把抄写这些诗句连同孟加拉语译文的任务交给我。我在家里只是个无足轻重的小毛孩，他却把如此重要的任务交给我，让我感到很光荣。

那时我已经扔了那个蓝色的手抄本，取而代之的是一个有封皮的日记本。我现在写诗，很讲究仪式感和庄重性，诗句固然重要，确立我作为诗人的形象更重要，于是我在鲍尔普尔写诗的时候，喜欢跑到花园，躺在一棵幼小的椰子树下，手里拿着日记本。我觉得这才是诗人写诗的样子。就这样，我躺在没有草皮的砾石上，被阳光炙烤，写出了一首名

065

为《帕利塔维国王的失败》的叙事诗。虽然诗句里充满了英勇的味道,却难逃毁灭的命运。那本带了封皮的日记本追随蓝色手抄本的脚步,也不知被我扔哪儿去了。

离开鲍尔普尔,我们途经沙哈伯甘杰、达纳普尔、帕拉亚伽和坎普尔,到了终点阿姆利则。

旅途中有段小插曲,我至今记忆犹新。火车停在某个大站,检票员过来查看我们的车票。他朝我看了一眼,心头似乎有些疑问,却没有说出来。隔了一会儿,他带来一个同事,两人朝我们车厢的方向瞅了一阵,又走了。最后站长亲自来了。他查看了我的半票,问道:"这孩子还没满十二岁?"

"没有。"父亲回答。

我当时十一岁,估计是长相比较老成。

"你得给他买全票。"站长说。

父亲眼中冒出愤怒的火花,他一言不发,从钱匣子里抽出一张纸币,递给了站长。对方把零钱找给父亲时,他随手就把那几个铜板扔到窗外,在月台地板上砸得咣当作响。站长也许意识到自己犯了错,不该怀疑父亲图省钱而拿孩子撒谎,尴尬地站在一旁。

我经常在梦中回到阿姆利则的金庙。清晨,我跟着父亲散步,来到这个位于湖中央的锡克教的金庙。那里一直回荡着唱经声,父亲坐在那些锡克教徒中间,有时也跟着他们唱起赞美诗。锡克顶礼者发现有一位异乡人加入他们的仪式,很热情地欢迎父亲。回去时,我们拿着冰糖和其他果品,满载而归。

一天,父亲邀请金庙唱诗班的一位歌手来我们的住处,请他唱些圣歌。

那人拿着意想不到的赏钱离开,喜出望外。消息很快传开了,唱诗班的人络绎不绝地跑到我们住的地方,我们只好采取措施,将他们挡在门外。发现无法攻破我们的"城池",他们开始在街头打"伏击战",于是父亲带我一大早出门散步时,远远就能瞧见有人的肩上挂着冬不拉琴,就像熟悉猎人的小鸟,看到了猎人扛在肩上的猎枪。我们被逼得机警老练,远远听到冬不拉的琴声,就仓皇而逃,让他们的"捕猎"计划彻底落了空。

傍晚,父亲坐在花园对面的凉台。他想听婆罗门的曲子,就把我叫来唱歌。月亮缓缓升到天空,月光透过树丛洒在廊前,我用维哈迦调唱着:

啊,最黑暗的生命之路上的伴侣啊……

父亲低着头,双手合十,全神贯注地聆听。这个场景至今还留在我的心中。

我前面提到过,父亲从斯里干达先生口中听到我写的第一首颂歌时,觉得很好笑。后来,我写诗写得越来越顺手。为庆祝印历十一月的众多节日,我写了很多首颂歌,其中一首是这样的:

肉眼无法看见你,
因你就在眼眸里。

那时父亲住在钦苏拉,已经卧病不起。他把我和哥哥乔蒂叫去,乔蒂拉手风琴,我唱着自己写的赞美诗——新的旧的都有,唱完后,父亲说:"要是这个国家的君主懂孟加拉语,能欣赏孟加拉文学,他一定会犒赏你这个诗人。可惜他做不到，那我只好替他做点什么了。"说完，他递给我一张支票。

父亲教我学英文，为此随身带了几本彼得·帕尔利故事丛书，他挑选了一本《本杰明·富兰克林传记》作为课本。他以为传记里会有很多有趣的故事，对我的英文学习有帮助。但他很快发现自己选错了。本杰明·富兰克林是一个过于务实的人，道德观狭隘，凡事斤斤计较。父亲一边教学，一边觉得富兰克林俗不可耐，不停地批评。

我之前虽然背过梵语的文法，但对如何使用梵语还是个门外汉。父亲一开始就让我直接跳到梵文读本的第二册，让我学习词形变化和词的结构。我有孟加拉语基础，所以学梵语倒也不难。父亲还鼓励我练习梵文写作。我用梵文读本里学到的词汇，组成一些复合词，还随意添上响亮的"m"和"n"鼻化元音，把神圣的语言变成了魔鬼一般的语言，但是父亲从来不嘲笑我。

接着，父亲又用浅显的口语给我讲普罗克特写的《通俗天文学》，并由我译成孟加拉文。

父亲带了很多自己看的书，其中有一种看起来枯燥乏味，那就是吉本写的《罗马帝国衰亡史》，有十多卷。"我还是个孩子，"我心想，"不是被逼无奈，我才不想读那么多书呢。可为什么一个大人，读不读书能由自己决定，却还要去自寻烦恼呢？"

喜马拉雅山之旅

我们在阿姆利则停留了一个月,随后,快到四月中旬的时候,开始朝达尔豪斯山出发。在城里的最后几天,我过得度日如年,喜马拉雅山脉对我的吸引力实在是太强大了。

我们坐着轿子上了山,山坡呈阶梯状,春天的庄稼地里开满了花,像是燃起一团火。每天清晨,我们吃过牛奶和面包就起程上路,等日落之前,赶到下一个驿站投宿。我的眼睛整天都没闲着,生怕错过难得一见的景色。山路拐了一个弯,钻入一道峡谷,林深树密,浓荫下涌出汩汩细流,仿佛隐士年幼的女儿,在白发苍苍、陷入沉思的隐士脚边嬉戏,咿咿呀呀地从布满青苔的黑色岩石上走过。轿夫们放下轿子,歇一口气。噢,我们为何要舍弃这样的美景呢?我饥渴的心呼唤着,我们为何不永远驻足于此呢?

第一次见到这样的景色，让我感觉自己占了天大的便宜：那时的我，压根没有想到，前面还有更多的美景在等着我。等我的脑子反应过来，开始盘算，立刻懂得了要节省自己的注意力，该看的才看，因为只有遇见实在是稀罕的东西，才值得一看，而且看个仔细。因此，走在加尔各答的街头时，我经常把自己当作一个异乡人，只有这样，我才发现有那么多的东西是可以看的，跑马观花的话，只会丢掉很多乐趣。也许正是怀着大饱眼福的愿望，人们才想去没去过的地方，展开一段旅程。

　　父亲把他的小钱匣交给我保管，里面装着不少钱，用来支付我们一路上的开销，但他实在不该把我看作一个保管这笔巨款的合适人选。他要是把钱匣子交到仆人基肖里手中，心里肯定踏实得多。我猜，他这么做是想培养我的责任感。有一天，我们抵达一个驿舍后，我忘了把匣子交给父亲，把它忘在了桌上，这让我挨了父亲一顿训斥。

　　我们每次在驿舍安顿好，父亲就叫人搬几把椅子到屋外，我们坐在那儿。暮色苍茫，透过山岭清爽的空气，星星闪耀着美妙的光辉，父亲给我指点星座的位置，或者给我讲天文知识。

　　在巴克鲁塔，我们住的驿舍位于山顶。已经快到五月份，但这儿还寒气逼人，山坡背阴的一面，冬雪还没有融化。但正是在这儿，父亲听任我四处闲游，却一点也不担心。我们的住处下方不远，伸出一座悬崖，长满了郁郁葱葱的喜马拉雅雪松。我喜欢握着一根镶有铁头的手杖，独自走进这片山野。一棵棵高傲的树木，投下巨大的阴影，像许多巨人挺直了身子——也不知它们在这里生活了多少个世纪！而前几天才来的我，居然能自如地穿行在树干周围。一走进森林的阴影，我就仿佛触摸到一个生命体，摸起来像一只远古时代的蜥蜴，硬邦邦、冷冰冰，方格状的光影投在铺满落叶的地面，像是蜥蜴身上的鳞片。

我的房间在驿舍的一侧。躺在床上，透过没有挂窗帘的窗户，遥远的雪峰在星光中闪着微光。有时候，也不知道是几点钟，我在半梦半醒之间看到父亲披上红色的披巾，手里拎着一盏灯，轻轻地从一旁走过，走到装有玻璃窗的露台，他喜欢坐在那里默默祈祷。等我又睡了一觉，夜色还没有散去，他已经来到我的床边，把我推醒。这是规定的背诵梵文语尾变格的时间。从又暖和又舒服的毯子里钻出来，冷得睡意全消，真让人痛苦不堪！

等太阳升起来，父亲结束了晨祷，会叫我一起喝牛奶，然后我站在他身边，他又一次吟诵《奥义书》里的句子，向神明祈祷。

接下来，我们出门去散步。但是我怎么跟得上他呢？许多比我大的人都跟不上他的步伐！所以，没走多久，我就放弃了，从山腰的捷径爬回驿舍去。

父亲散步回来后，我会学一小时英文。十点钟，得泡一次冰凉的冷水澡，我也想叫仆人加一壶热水，但没有父亲允许，仆人们谁也不敢。父亲告诉我，这样做是为了磨炼我的意志，他在年少的时候，就经常洗冷水澡，哪怕水冰冷刺骨。

另一件苦差事是喝牛奶。父亲非常喜欢牛奶，而且可以喝很多。也不知是因为我没有继承到这种消化能力，还是我之前生活的环境太过于简陋，养成了粗糙的饮食习惯，总之，牛奶就是不合我的胃口。不幸的是，父亲总要我陪他一起喝牛奶，为此，我只好乞求仆人的慈悲——他们的善心（或者是恻隐之心），因为从那之后，我的高脚杯里有一半多都是泡沫!

午饭后,又开始上课。这真不是血肉之躯能忍受的事情。我早上没有睡成的懒觉会伺机来报复,弄得我又困又乏,身子一歪就摔了下去。父亲见我实在可怜,就放了我,我的睡意顿时消失得无影无踪。随后,哈哈!我跑上山去了。

我握着手杖,从这个山头跑到另一个山头。父亲并不反对我的做法。在我眼中,父亲一辈子也没有阻碍我释放自己的天性。有很多次,我的言行不符合他的要求,与他的评判标准相违背,他原本只需要一开口,就能阻止我,但他宁愿静静等待,等我有了自制力,再发出提醒。让我们被动地接受什么是正确的,什么是应该做的,这种做法他并不满意。他希望我们全心全意地热爱真理,他清楚,如果不是真正热爱,而是一味顺从,这种爱是空虚的。他还清楚,如果弄丢了真理,还可以再次找回,但如果在外力的胁迫下,勉强或者盲目地接受真理,实际上是把寻找真理的路径挡住了。

年少时,我曾经怀着坐上牛车沿着大路到白沙瓦去旅行的梦想。没人支持这个计划,还有些人竭力反对,认为这简直是天方夜谭。但是,当我告诉父亲时,他表示这是一个好主意——搭火车旅行,根本算不上是旅行!从这个观点谈起,他又跟我讲起他自己步行和骑马的冒险之旅,至于旅途中的艰险,他却只字未提。

还有一次,我被委任为原始梵社的秘书时,跑到父亲住的花园街的寓所,告诉他我不赞成除了婆罗门,不允许其他种姓的教徒上祭台行圣礼的做法,他二话没说就同意我修改规矩,当然,前提是我能做到。我获得了权力,却发现自己缺乏力量。我只能发现哪些地方不完善,并不擅长创造和完善它们！能跟我合作的人在哪儿呢？我也许能找到合适的人，但去哪儿找呢？我能把破坏了的地方重建起来吗？当我们无法破旧立新时，也许现有秩序就是最好的秩序——这就是父亲的看法，他比我更清楚规则存在的价值，但他没有觉得因为我挑战了规则，就借故刁难我，让我放弃自己的想法。

正如他允许我一个人在山间漫游，在寻求真理的道路上，他也让我自己选择。他不怕我会犯错误，即使我会遇到危险或者磨难，他也没有犹豫，也不担心。他为我设定了一些生活的理想，但绝不挥舞大棒子施行专制。

我经常跟父亲聊到家里的事。每次收到家里的来信，我都立刻交给父亲过目。他从我手中拿到的信，远远超过其他人转给他的。父亲也让我读一读哥哥们写给他的信，看看他们是怎么写信的，就这样，我学会了该如何写一封信。父亲认为这些社交上的礼节、待人时的规矩非常重要。

我记得，二哥萨登德拉纳特在信中写道，"事务"把他的"脖颈捏住了"，意思就是他忙得要命。父亲叫我解释信中几个梵文词的意思，我照自己的理解说了说，但父亲认为另一种解释似乎更合适。我不信，不接受他的说法，与他发生了争执。换成是别的长辈，肯定会骂我，叫我闭嘴，但是父亲耐心地听我把理由说完，然后再陈述他的观点。

父亲经常给我讲一些滑稽事，让我了解了很多他那个时代的纨绔子弟的笑谈。有些公子哥儿，皮肤娇嫩得连达卡围裤的细麻布花边都嫌粗糙，穿的时候，得先把花边扯下来。这样的穿着方式，俨然成了当时的一种风尚。

还有一次，有人疑心卖牛奶的人在牛奶里掺了水，于是为了监视卖牛奶的，专门安排了仆役；为了监视仆役，又安插其他耳目。就这样，监视的人越来越多，牛奶的味道却越来越淡。卖牛奶的人对老板说，要是再来多点人把牛奶看紧，奶会淡出水来，可以养鱼了。

旅行了几个月后，父亲派他的仆人基肖里把我送回了加尔各答。

归　　家

　　我一离开家，束缚在我身上的锁链就"咔嚓"一声断开了。等我返回家里，身价似乎大增了。以前在家时，近在咫尺却没人想搭理我，现在我在家人的视线里消失了一段时间，回来后顿时成了受宠的对象。

　　还在回程的路上，我就预先尝到了受人尊敬的滋味。我只带了一个仆人，浑身上下洋溢着生气，神采飞扬，再加上那顶镶嵌了金丝的小帽子，我在火车上遇到的所有英国人，都不敢小觑我。

　　跨进家门，对我来说不仅仅是一次旅行归来，也结束了我在仆人房间的"流放"，进到了内屋我应该得到的位置。每当家里人聚集在我母亲的房间里，我就占据了一个特殊的位置。我们家那位最年轻的新娘，也对我倾注了关爱和敬意。

　　在婴儿时期，来自女性的爱抚无须乞求就能得到，就像是阳光和空气一样，是婴儿的一种需要，想也没想，便本能地接受了；相反，成长中的孩子往往表现出一种渴望,想要从女性关怀的包围中解脱出来。但如果一个不幸的孩子,在应该得到爱抚的时候却被剥夺了这种权利,那就真的成了穷光蛋了。这就是我的境况。小时候我在仆人的管教下长大,所以当我突然被女性的抚爱团团围住,怎么会不欣然接受呢?

在内屋离我还很遥远的日子里,它曾是我想象中的极乐世界。从外面看,那里像一个封闭的牢房,但对我来说,那是一片自由的天地,没有学校、没有老师。而且在我看来,那里任何人都不必做他不想做的事。幽静中带着闲暇,更有神秘的意味。人在里面爱玩就玩,想做什么就做什么,不必事事都向大人汇报。我的小姐姐就是如此,虽然她也跟我们一起上尼尔卡默尔先生的课,但她的功课学得好还是不好,老师都无动于衷。有一次,我们在十点前匆匆忙忙吃完早饭准备去上学时,她竟然甩着小辫子,悠闲地走进内屋去了,让我们好一阵艳羡。

当那位戴着金项链的新娘走进我们家时,内屋更加深了神秘感。她从外面来,变成我们家的一员,她是个陌生人,却又是我们的亲人。她吸引了我的注意力,我迫切地想和她交朋友。但是,当我费了好大的劲才凑近她时,我的小姐姐就会气势汹汹地说:"你们男孩跑这儿来干啥——快出去。"失望加上羞辱,使我痛不欲生。透过闺房的玻璃窗,我们可以瞥见各种稀奇古怪的玩意儿——瓷器、玻璃制品——色彩斑斓,装饰华丽。我们连摸一摸它们的资格都没有,更不用说鼓起勇气借来玩了。然而,这些我们男孩子眼中的稀罕东西,给内屋增添了一分额外的吸引力。

就这样,我一再被拒绝,终于和内屋渐渐疏远。对我来说,就像外面的世界一样,内屋也是不可企及的。因此我对内屋的印象,就像是一幅图画。

夜里九点，阿戈尔先生给我们上的课结束了，我进屋睡觉。一盏昏暗闪烁的灯笼挂在由软百叶帘围成的游廊上，廊道连通内屋和外屋。在这条通道的尽头，有四五级台阶，灯笼的光照射不到。我从这段台阶走下去，拐进一个方院的回廊。一束月光从东边的天空斜射到回廊的西侧，把其余部分留在黑暗。在这一片光亮中，女仆们聚在一起，伸着腿坐在地上，把废棉花搓成灯芯，低声地聊着她们村里的事。许多这样的画面都持久地印在我的记忆中。

晚饭后，我们在廊上洗手洗脚，然后躺到宽大的床上。有个保姆，好像叫廷卡里或者桑卡里，走过来坐在我们的床头，开始轻声讲述王子在孤独的荒野上旅行的故事。故事快要结束时，房间里一片寂静。我把脸贴着墙，凝视着那些在昏暗的光线中依稀可见的由四处脱落的灰泥墙面形成的黑白斑点。睡意蒙眬中，墙上似乎闪现出许多奇妙的画面。有时在半夜，我迷迷糊糊地听见守夜人老斯瓦卢普的吆喝声，他正在巡视，从一处游廊走到另一处游廊。

如今，新秩序来到了。当我从想象中的内屋的陌生梦境里，得到渴望已久的关怀和认可，当这自然的、本应该每天都得到的东西，忽然连同积累的欠账，一股脑儿地补偿给我时，我感到有点晕头转向。

我这个小旅行家满脑子都是旅途中的见闻，但由于一次又一次的重复，故事结构变得越来越松散，直到与事实完全不符。唉，就像这世上所有的东西一样，故事会变得陈旧，讲故事的人也渐渐少了底气。这就是为什么每次都要添油加醋，来保持故事的新鲜感。

从喜马拉雅山回来之后，母亲和其他家人在楼顶上纳凉时，我就成了主讲人。想在母亲眼中当一个讨众人喜欢的孩子，这种诱惑令人难以抗拒，再说也费不了多少劲。在师范学校读书时，有一天我在书上读到太阳比地球大几万倍，回家后，我马上就告诉了母亲，试图向她证明，一个看起来很小的人，说不定是个大块头。我还常常把孟加拉文法书上讲到韵律或者修辞学时用作例子的小诗背给她听。现在，我正跑到她召集的晚间聚会，把我从普罗克特编写的书上看到的一些天文趣闻讲给她听。

父亲的随从基肖里曾是达萨拉提叙事诗弹唱团的一员。我们一起在喜马拉雅山上旅行的时候，他经常对我说："嘿，小弟弟，我们弹唱团当年要是有你参加，演出一定会大获成功。"他这句话让我心痒痒，眼前似乎展开了一幅诱人的画面：做个小漫游乐师，走南闯北，又说又唱。我在他那儿学了许多歌，这些歌曲比我关于太阳这个发光体或者土星有多少颗卫星的演讲更受听众欢迎。

我最获得母亲认可的成就，是诗歌朗诵。当时，住在内屋的人只能读到克里狄瓦斯用孟加拉文翻译的《罗摩衍那》，我却跟父亲读过大圣贤瓦尔米基写的梵文韵律的原文。当我告诉母亲这件事的时候，她喜出望外地说："快，给我们念几段《罗摩衍那》！"

唉，我朗诵的瓦尔米基的《罗摩衍那》，只有梵文初级读本上那可怜的一段节选，而且就连这段节选，我也没弄明白。而且，当我再次循着记忆梳理字句时，发现我的记忆力欺骗了我，许多我以为自己记得的，都变得模糊不清了。但是在这位急切等待着展示儿子非凡才能的母亲面前，我没有胆量说"我忘了"。因此，在我朗诵的那一段中，瓦尔米基的原意和我的解读有很大的分歧。这位住在天国里、心怀慈悲的圣贤，一定会宽恕这个为求得母亲嘉奖的孩子的胆大妄为。但是马都苏丹，这个骄傲的摧毁者，他肯定不会饶恕我的。

对于我的非凡成就，母亲抑制不住内心的喜悦，想让全家人都能分享她对我的赞赏。她吩咐我："去，念给迪琼德拉纳特听听！"

"这下麻烦了！"我心里想着，抛出了所有我能想到的借口，但母亲一个也听不进去。她派人把我大哥叫来，他一到，母亲就跟他说："快听听罗宾念瓦尔米基的《罗摩衍那》，念得多好听啊！"

我只好硬着头皮念了！但马都苏丹心软了，只稍微警告了我一下，就放过了我。大哥一定是在忙着写自己东西时被叫过来的，并不急于听我把梵文的诗句翻译成孟加拉语，我刚念了几首，他就随口说了声"不错"，然后转身离开。

得到进出内屋的特权后，送我去上学比以前更难了。我使出各种花招不去孟加拉学校上课，后来，他们把我送去圣泽维尔中学，但是也没有什么起色。

我的兄长们经过一段时间的努力，对我不再抱什么希望——也懒得骂我了。有一天，大姐说："我们本来指望罗宾长大了能有用一点，但他太令我们失望了。"我心里清楚，在有用之才的社会中，自己毫无身价。尽管如此，我还是不能下定决心被学校里整天转呀转的磨盘拴在一起，压榨出油来。学校既然与生活中一切真实与美好相脱离，似乎就成了集医院和监狱为一体的、可怕而残酷的地方。

关于圣泽维尔中学，有一段珍贵的回忆，我至今记忆犹新——那就是学校里的老师们。我倒不是说他们都很优秀，特别是教我们班的那几位老师，简直无法让人对他们心生敬意。事实上，当普通的老师沦为教学机器，在折磨学生的心智方面，他们的本事丝毫不比那些校长逊色。

机械呆板的教学机器隆隆地运转着，马力强大，再加上严格维护宗教习俗的石磨，年轻的心很快就被碾碎榨干了。我们在圣泽维尔中学收获的就是这种作坊磨盘式的教育。然而，正如我说过的，有一段回忆，使我对那里的老师们的印象达到了一个理想的境界。

这是关于德佩纳兰达神父的回忆。他跟我们的关系不算密切——如果我没记错的话，他只是短时间代过我们班上一位老师的课。他是西班牙人，讲英语时似乎有点口吃。也许正是因为这个缘故，孩子们上课时根本没太注意他讲了些什么。我觉得，学生们的怠慢让他很难受，但他还是日复一日地来上课，态度温和，忍受着这种不公正的待遇。不知怎么的，我心里有点同情他。他的面容并不英俊，可是对我有一种奇特的吸引力。无论何时我见到他，总觉得他的内心在一刻不停地祈祷，好像有一种博大而深沉的恬静弥漫在他的身心四周。

我们要抄写半个小时的字帖，这期间，我经常手里拿着笔，心不在焉，思绪到处乱转。有一天是德佩纳兰达神父负责监督我们班，他在每张长凳后面踱步，好几次，他注意到我的笔尖没有在纸上移动，就突然在我的座位后停住脚步，俯下身子，把手轻轻地按在我的肩头，语气温柔地问："泰戈尔，你哪儿不舒服吗？"他只简简单单地问过这么一句，但我永远也忘不了。

别人我不晓得，可是在我心中，他就是一个伟大灵魂的化身。直到今天，一想到这件事，我就似乎领到了一张通行证，置身于幽静的神庙中。

还有一位老神父，孩子们都很喜欢，他就是亨利神父。他教高年级，所以我对他不太了解。但有一件事我至今还记得——他会孟加拉语。有一次，他问班上一个叫尼拉达的学生是否知道自己名字的由来。可怜的尼拉达，他向来对自己的一切都不当回事——尤其是自己的名字。名字就是名字，有什么值得操心的？所以，面对神父提出的问题，他毫无思想准备。不错，词典里确有很多深奥的、不认识的词汇，可是关于自己的名字，说不出个所以然来，就如同被自己的马车轮子碾过，太可笑了。于是，尼拉达大大咧咧地回答道："Ni是没有，rode是阳光，两个凑起来，Nirode——就是没了阳光。"

我的家人

少年时，我的家里就弥漫着一股浓浓的文学艺术氛围。我记得，每天夜幕降临的时候，我经常默默地靠在凉台边的栏杆上，望着对面客厅，那里一到夜里就灯火辉煌，华丽的马车一直驶到门槛，宾客络绎不绝。究竟是什么样的聚会，我不清楚，我只是站在黑暗中，凝望着对面一排排透出灯光的明亮窗户。我跟那儿相隔的距离不远，但我的世界和那个世界之间，却像是有一道难以逾越的鸿沟。

堂兄格楞德拉刚刚读了特尔卡勤登先生创作的新剧，打算把它搬到家里演一场。对文学和美术，他的兴趣和热情无穷无尽。他是一个艺术团体的灵魂人物，这个团体的成员们似乎一直致力于有意识地从各方面创造孟加拉的文艺复兴，在服饰、诗歌、音乐、绘画、戏剧、宗教等各个领域，一种显著的民族主义理想在格楞德拉的内心觉醒。他也热衷于研究各国的历史，并且开始着手写作孟加拉文的历史研究著作，可惜未能完成。他曾经翻译并发表了梵文戏剧《优哩婆湿》，创作的梵文颂歌至今还在我国的宗教音乐中占有重要地位。此外，他还是那个时代孟加拉地区创作爱国主义诗歌和歌曲的先行者。那时候印度教集会是一年一度的盛事，他创作的歌曲《我羞于歌唱印度的荣耀》是会上的保留曲目。

他英年早逝时，我还很小。你要是有机会见到他，肯定忘不掉他的高大英俊和庄严气度。他的身上有一种强大的吸引力，能把所有人召唤到身边，听从他的吩咐。他用自己独特的人格魅力维持人与人之间的关系牢不可破。他属于这样一类人——这类人在我们孟加拉随处都能找到——他们凭借个人的影响力，很自然地在整个家庭或者乡邻里赢得声望。要是其他地方出现这种出类拔萃的人物，他们就会在政治、商业和各种公共事务中担任领导者的角色，将大众团结在一起。这真是一种特殊的天赋，可惜在我们国家，这种天赋往往被浪费了，原本是夜空中璀璨的一颗星星，却被拽下来当柴火用。

格楞德拉的弟弟古楞德拉，在我家同样引人注目。他是个心胸宽广的人，不论对待亲朋好友，还是宾客仆役，都一样的亲切热情。他很好客，南边的凉台上、花园里，还有水池边的垂钓聚会上，经常出现他的身影。对艺术，他的爱好也很广泛，而且天资不错，每个领域都精通，他尤其酷爱戏剧，要是需要什么节庆娱乐方面的新点子，找他准没错。经他一点拨，奇思妙想准能开花结果。

我们这些小孩子没有资格参与兄长们策划的这些活动，但是他们掀起的浪潮带着热情与活力，一次次撞击我们好奇的心门。我记得有一次，在堂兄的大客厅里，曾经排练了一出我大哥创作的滑稽剧。我们站在凉台上，靠着栏杆，透过对面敞开的窗户，听到排练时的美妙歌声，伴随着阵阵哄笑，有时还能看到阿克谢·默正达尔先生绝妙的滑稽表演。我们听不清歌词，不明白他们为什么笑，但坚信总有一天能搞清楚。

我还记得，因为一件微不足道的事，我得到堂兄古楞德拉的另眼相看。上学期间，我几乎没得到过表扬，唯一的荣誉是一次"表现良好"奖。我们三人中，外甥萨提亚的成绩最好，有一次他在考试中取得了好名次，得到学校发的奖状。那天，我们回到家，我一跳下马车，就跑去花园，告诉堂兄这个喜讯。"萨提亚得奖啦！"我边跑边喊。他笑着把我拉到身边："那你没有得奖吗？"他问。"没有，"我说，"是萨提亚。"我为萨提亚得到奖励感到由衷的高兴，这似乎让堂兄很感动，他转过身，对朋友们说我这种优秀品质值得夸奖。我有点莫名其妙，因为我没觉得自己做了什么值得表扬的事。没有得奖状，却收到了表扬，对我来说也许不是一件好事。给孩子礼物是可以的，但礼物不应该是对他的奖赏，免得他为了求得奖赏，而刻意为之。

午饭后，古楞德拉会去他的办公室，处理家族地产方面的事务。大人的办公场所就像是一个俱乐部，处理公事之余，谈笑声不断。当他坐在沙发上休息时，我总喜欢扑到他的怀里。

他经常给我讲有关印度历史的故事。听到克里夫在大英帝国确立了在印度的统治地位后，返国的那一刻，却拿剃刀割喉自杀了，我惊讶不已。克里夫掀开了印度历史的新篇章，然后在他内心深处，隐藏着何等痛苦的悲剧情结呀！从表面上看，他取得了如此辉煌的成功，为什么心头会笼罩着失败的沮丧感呢？这些疑问久久萦绕在我的脑际。

有段时间，古楞德拉一看我表情异常、鬼鬼祟祟，就知道我的兜里藏着秘密。禁不起他一点蛊惑，我厚着脸皮掏出了随身携带的手抄本。还用我说吗，堂兄简直是个独具慧眼的评论家，他的意见要是写成广告词刊登出来，宣传效果绝佳。然而，我的诗毕竟还写得太幼稚，读完后，他实在是忍不住，哈哈大笑起来。

有一次，我写了一首叫《印度母亲》的诗。在某一行的末尾，我用了"Nikatha"（亲爱的）一词，这个词动不了，我还得添一个词押韵，绞尽脑汁，只想出一个"Sakatha"（大车）。显然，这首诗根本没有适合大车通行的路，但是为了韵脚，我无法劝说自己放弃，只能把这辆马车拽进来。古楞德拉的笑声就像一阵狂风，把我艰难跋涉在路上的"大车"连同拉车的马儿，一起刮得无影无踪，至今杳无音信。

大哥那时正忙着写他的《梦游记》，他在南端的凉台摆了一张矮桌，铺上毡子。古楞德拉堂兄每天清晨都会去那儿坐上一阵。他快乐的情绪就像春天和煦的阳光，帮助诗歌的幼苗破土萌发。大哥写一会儿，就把刚写的朗诵出来，堂兄听了后，洪亮的笑声震得凉台栏杆咯吱作响。大哥的创作才华，他写成的作品远远无法涵盖，尤其是他的诗才，源源不断的灵感就像是春天绽放的杧果花，给整片林地铺上一层花毯。《梦游记》被撕掉的稿纸散落一地，哪位有心人能把它们捡起来的话，今天会成为一篮鲜花，为孟加拉文学增光添彩。

躲在门后偷听，藏在角落偷看，我们尽情享用着诗歌的盛筵，品尝一道道丰盛大餐。大哥那时正值创作的黄金期，韵律、语言和想象力从他的笔端涌出，像一股澎湃的潮水，洋溢着浪花的欢笑，淹没了岸边的滩涂。我们那时读得懂《梦游记》吗？可是，难道非得完全理解文字内容，才能欣赏诗歌之美吗？我们并不知道大海有多深——即便知道又能怎么

085

样？——令我们着迷的是与海浪嬉戏。海水拍打着礁石，我们生命的血液，也在大大小小的血管中奔腾不息。

越是回想往事，我就越感到像"穆吉里斯"这样的东西，今天已经见不到了。那时候，人与人之间存在着一种亲密而自然的交往，童年的我有幸见证了它的余晖。邻里之间的关系很紧密，因此像"穆吉里斯"这样的聚会成为必须，组织聚会的人备受人们爱戴。如今的人，终日为了工作而奔忙，即使聚在一起，也多半是生意上的事情，或者出席某个社交活动，再也不会不请自来、谈天说地了。没有了悠闲时光，更缺乏旧日的温馨！我们目睹过快乐的聚会场景，客厅、廊亭，到处充满欢声笑语！个性迥异的人聚在一起，妙语连珠，谈古论今，这样的盛况不复存在了。人们依然来来往往，但客厅和廊亭早已颓然沉寂了。

那时候，从家居陈设到宴会活动，所有的东西都符合大多数人的需求，哪怕设计得豪华精致，也不显得庸俗。如今的人们，家中的装饰物从数量上大大超过前人，却毫无牵挂、冷冰冰的，无法像那些老物件，能让不同阶层的人都感受到家的味道。现在的人也变得势利了，衣冠不整的人，即使脸上露出善良的微笑，也不准跨过门槛，更别提坐上那张为客人准备的毡子。

还有，以前的人在建筑、家居等方面有自己独特的品位，既符合社交需求，又不落俗套。我们照搬的话，只会弄巧成拙，因为曾经的人情社会已经消失了，而我们又无法照着西方人的标准重建一个新的社会体系，结果每个家庭都变得郁郁寡欢、毫无乐趣可言。谈生意、聊政治时，我们还是会碰面，但永远也做不到一时心血来潮就见个面、聊个天了。我们不再单纯因为亲情友情而聚在一起。连见面都变得如此功利性,我实在想象不出还有什么比这更糟糕的事儿了。以前的人会用发自内心的爽朗笑声减轻日常俗事的重负,而现在的人,似乎成了另一个世界的来客。

第 ④ 章

孑然一身，独自前行

泰 戈 尔 散 文 精 选

英格兰

在阿哈姆达巴德和孟买停留六个月后,我们启程去了英格兰。在某个心情糟糕的时刻,我开始把旅途见闻写在信上,一开始是寄给家里人,后来又投给《婆罗多》杂志。我没有勇气毁掉这些信,它们中大部分只能算是一名少年对自己英雄气概的展示,用夸张的文字给他人造成伤害、挑起争论,但这毕竟是他创作的开始。在这样的年纪,内心还不懂得什么叫作用虔诚之心获得最大的力量,以虚怀若谷拓展自己的权利。恰恰相反,他觉得任何夸赞都是屈辱和软弱,不可原谅。靠讥笑谩骂别人来证明自己有多么高尚,似乎是一种可笑的行为,但少不更事的我,这种事儿干过不少。

我从小就和外界没有什么往来,所以十七岁那年,突然漂洋过海来到英格兰,就有一种被海水吞没的担忧。幸亏我的二嫂和她的孩子住在布莱顿,承蒙她的庇护,我扛住了最初的风暴。

冬天到了。一天晚上，我们正在炉火旁闲聊，孩子们跑来告诉我们一个令人兴奋的消息：外面下雪了。我马上跑到门外，寒意逼人，天上挂着一弯冷月，地面白雪皑皑。我平时熟悉的大地完全换了一副模样——就像是一场梦，所有的一切都纷纷退场，只剩下一抹修道士的身影，浑身洁白、纹丝不动，陷入专注的沉思！甫一踏出家门，这种奇妙的、令人窒息的美便赋予我前所未有的体验。

在嫂子的悉心照料下，在和孩子们的嬉戏玩耍中，我的日子过得很快乐。我的英语发音很奇怪，逗得他们乐不可支，别的游戏，我都愿意加入，唯独这件事，我实在没觉得有什么好笑的。我该怎么跟他们解释，英语单词"warm"里的"a"和"worm"里的"o"，并没有符合逻辑的区分方式。我活该倒霉，不得不承受一次次的嘲笑，而这分明是英语发音规则变幻莫测的缘故。

为了讨两个孩子欢心，让他们找到乐趣，我每天都挖空心思，想出种种新花招。这种对脑子的训练方式，后来我用过很多次，带给我的好处从过去一直持续到现在。唯一的区别是，我的应变能力已经不如以前了。我平生第一次有机会将自己的才智奉献给孩子，而我也因此焕发了新生。

如果只是从大海那边的家里出发，来到大海这边的另一个家，我就不来英格兰了。我来这儿是学法律的，学成回国后，会当一名律师。我就读的是布莱顿的一所公立学校。校长一见我，就大声说："哎哟，你的脑袋长得真漂亮！"这句话我永生难忘，因为她——那个喜欢抑制我的傲气，并以此为己任的祖国——随时都在敲打我，让我相信与别的孩子相比，我的脑门和脸庞并没有突出之处。我对她的话深信不疑，暗自在心头悲叹造物主太吝啬，创造我时连一点优点都舍不得给。但是我希望读者不要把我的脑袋当作我仅存的优点。后来，我发现她的说法与我的英国朋友对我的评价不一样，才慢慢意识到两个国家的评判标准也许存在巨大的差异！

在布莱顿的学校，有一点令我很惊讶，那里的同学对我一点也不粗暴。相反，他们经常往我口袋里塞些橘子、苹果啥的，然后跑掉。对于他们的亲善行为，我只能理解为是个外国人。

我在这所学校待的时间不长，但这不是学校的错。达尔卡那塔巴利特先生那时也在英格兰，他担心我这样下去学不到什么东西，于是说服了我二哥，叫他带我去伦敦。他把我独自留在公寓里，对面就是摄政公园。正值隆冬时节，公园里的树叶子都掉光了，枯瘦的枝干上盖着白雪，直直地伸向天空——看到这幅景象，我忍不住打了个寒战。

对于一个初来乍到的异乡人，没有比严冬时的伦敦更冷酷的地方了。附近的人我一个都不认识，街巷我也不熟。这意味着独自坐在窗前，默默凝视着外面世界的日子，又回到了我的生活中。但是这一次，外面的风景却不那么迷人，大自然紧锁着双眉，天色阴暗混浊，暗淡的光线像死人的眼睛，大地似乎缩成了一团，再也没有了靓丽的外表。公寓布置得很简陋，但恰好有一架风琴，长夜早早地将白昼吞噬的时候，我喜欢坐在风琴旁，随意弹奏。有时一些旅英的印度人来看我，虽然我们没什么交情，但当客人起身告辞时，我真想拽住他们的衣角，不让他们离开。

住在公寓的日子里，有位先生会来教我拉丁文。他身形消瘦，衣衫褴褛，看起来并不比那些光秃秃的树更能挨过严冬的摧残。我不清楚他的年龄，从他的模样判断，外表肯定比实际年龄老得多。有时他正上着课，突然就忘了一些字句，面露愧色，连声向我道歉。他家里人说他有怪癖，对一种"理论"着了魔。他认为，在每个时代，在世界各地的人类社会中，都存在一个主导思想；虽然因为文明程度不同，这个主导思想也许会呈现出不同的形态，但在本质上是一样的；这种思想观念不是通过相互模仿，从一个人传给另一个人的，因为这种思想即使在没有交流的地方，也是存在的。他专注于收集事实依据，用笔记录下来，以证明自己的理论。由于他太投入，家中总是缺衣少食，女儿们对他的观点嗤之以鼻，还常常埋怨他的痴迷。有些日子，从他的脸色我就能猜出他一定又发现了些新证据，把自己的理论又往前推了一步，这时我会主动提到这个话题，给他的精神头再浇上一点油。要是某一天见到他满面愁容，你就明白他快要被压垮了，课程便陷入停滞，他两眼空虚地望着某个方向，心思早就游离于第一课的拉丁文法。我算是弄明白了，我从他的拉丁文课程中根本学不到什么东西，但看着这个身体上挨饿、心灵上也遭受折磨的可怜人，我也心痛不已，始终无法下定决心辞退他。这个有名无实的拉丁文课程一直持续到我离开这座公寓。最后跟他结算课时费的时候，他不好意思地说："我也没怎么教，只是浪费了你的时间，钱就算了吧。"我费了好大劲，才说服他收下酬金。

虽然我的拉丁文老师从来没有把他的理论有理有据地讲给我听，但我并不怀疑它是正确的。现在我仍然相信，在这个世界，人们的思想是通过某种深层次的纽带联结在一起的，某个环节的波动，会通过秘密的方式传递给其他人。

后来，巴利特先生又把我送到一位名叫巴克的私人教师家里，巴克老师给学生提供食宿，辅导他们参加入学考试。新老师家除了他身材娇小、温柔淳朴的妻子，再没有别的地方吸引人。我简直搞不懂，这样的老师是如何招到学生的，难道是因为这些可怜的孩子没有别的地方去？而且,这样糟糕的男人怎么讨到娇美的老婆的,这真是让人心头酸溜溜的。老师家养了一条狗,是巴克太太心灵的慰藉,所以巴克想要折磨妻子时,就会虐待那条狗。这样一来,把那条狗当作精神支柱的巴克太太,内心的痛苦又多了几分。

所以,当我的嫂子邀请我去德文郡的托尔奎城时,我喜出望外,恨不得马上跑到她身边。面对那里的群山、海岸、铺满鲜花的草地、松林的绿荫和两个不知疲倦的小家伙,我的喜悦之情溢于言表。然而,有时我仍然愁绪满怀：为什么我的双眼被美景陶醉,心灵被喜悦充盈,闲暇的时光承载着无拘无束的欢乐,穿越了无垠的蓝色天空,而我却没有一丝诗歌创作的灵感呢？因而有一天,我带着纸、笔和雨伞,走到海边的峭壁,去实现我作为诗人的使命。毫无疑问,我选的地点美得令人窒息,不需要我写出韵律或者发挥想象力。一块平整的岩石伸向海面,似乎从远古时代,它就对海洋无比向往,蔚蓝色的海面泛起白色的浪花,拍岸声像一首摇篮曲,让天空在深情的歌谣中微笑着入睡。身后有矗立的松林,散发出阵阵清香,宛如林中仙女慵懒地解开衣襟,露出身体。我坐在岩石筑成的宝座上,写了一首叫《沉船》的诗。要是当时我把它沉入海底,还能抚今追昔,相信那是一首好诗,然而我留下了它,像一个证人住在我的心里,即便把它从我出版的集子中赶出去,一张法庭送来的传票,又能把它召唤回来。

有职责的信使是不会偷懒的,一封来信把我召回了伦敦。这一次,我住到了司各特博士家里。一天傍晚,我拎着箱子、背着包袱出现在博士家门口,家里住着白发苍苍的博士、太太和他们的大女儿。两个小女儿害怕有来自印度的陌生人闯入她们的生活，搬到亲戚家住了。我猜等她们发现我不是一个危险人物后，会搬回家住的。

在很短的时间里，我就变得如同这个家庭中的一员。司各特夫人待我如同自己的儿子，而我从她的女儿们那里得到了真心诚意的关怀，即便是自己的亲戚也难得如此。

没多久，我就成了他们家的一分子，这让我明白了一件事——无论在哪儿，人的天性都是一样的。我们总爱说，而且我也这样认为，一个印度妻子对丈夫的奉献精神，是欧洲的妻子们所不具备的。但是在理想的印度妻子和司各特太太身上，我没有发现有什么差别。司各特太太全心全意地服侍丈夫，夫妇俩收入微薄，请不起太多的用人，由太太亲自打理丈夫的一切琐事。每晚丈夫下班回家前，她都会把扶手椅和羊毛拖鞋摆在壁炉旁边。司各特先生喜欢什么、讨厌什么、对哪些举动满意，她都了如指掌。每天清早，她要和家里唯一雇的女佣一起收拾房屋，从阁楼到厨房，从楼梯上的铜条到门把手及家具，都要擦拭得一尘不染、锃明瓦亮。除了家务事，还有许多日常事务。忙碌的一天结束后，她会兴致勃勃地加入我们，读书、听音乐，因为闲暇时刻的消遣娱乐，也是主妇的职责所在。

有些晚上，我会加入女孩们的桌灵转降神会。大家一起把手指按在茶几上，茶几就会在屋子里来回疯转，渐渐地，凡是被我们的手指按到的东西，都开始摇晃。司各特太太对这种游戏不大喜欢，有时她会板着脸、摇着头，觉得我们的做法有欠妥当。但她从没阻止这种小孩子喜欢的恶作剧，免得扫了我们的兴。可是有一天，当我们的魔爪伸向司各特先生的高顶礼帽，想让帽子也转起来时，她实在是难以忍受，气冲冲地跑过来，喝止了我们。她无法想象撒旦跟她丈夫的帽子产生任何关联,即便只是一小会儿工夫。

从她的一言一行,足见她对丈夫无比敬重。她乐于奉献,奉献让她的脸上始终带着甜蜜和柔情。我终于理解了,女性之爱的最高境界是虔诚,要是不受外来因素的阻挠,这种爱会自然而然抵达虔诚的彼岸,但如果耽于享乐与奢华,毫无节制地消磨光阴,这种爱就会转为丑陋,女人的天性再也得不到圆满的愉悦。

几个月过去,转眼到了二哥回国的时候,父亲来信让我和他一起回家。我为此欣喜不已,因为印度的天空和阳光时刻都在无声地召唤我。当我跟司各特太太道别时,她拉着我的手,抹着眼泪。"这么快就要离开,"她说,"那你当初又为啥来我们家呢?"如今,伦敦城大概已经没有这户人家了,博士家的有些成员已经去了另一个世界,还有的不知飘零到了何方,但是它会永远活在我心里。

一个冬日,我走在坦布里奇韦尔斯的街头,看见一个人站在路边,脚上没穿袜子,裸露的脚趾从破了洞的鞋子里伸出来,胸口也露在外面。也许这儿禁止乞讨,他没有吱声,只是抬头瞧着我的脸。我从兜里掏了一些钱给他,也许是给得太多了,我还没走出几步,他就追上来:"先生,你错给了我一枚金币。"他想把金币退给我。这样的事儿在其他地方也发生过,我已经习以为常了。第一次来托基城的火车站时,有个脚夫帮我把行李从火车上搬下来,扛到出租车上。我钱包里没有零钱,于是在出租车启动的时候,给了他一两个半先令的银币。不一会儿,我看到他气喘吁吁地追赶我们,呼叫司机停车。我还以为他是不是觉得我是个愚蠢的外乡人,想多敲点竹杠。车停下了,他走过来说:"先生,你肯定是把半先令当成了便士给了我！"

在英格兰时，我不敢打包票没有被人骗过，但都是些小事，不值得往心里去。而且我越来越觉得，可信任之人，才懂得如何去信任别人。我只是个不知名的外国人，就算是买东西不付钱，也没人知道，而且再次光临那些伦敦的店铺时，店主们谁都不会怀疑我。

我待在英格兰的那段时间，被卷入了一场闹剧。我偶然认识了某个高级官员的遗孀，丈夫是英裔印度人。这位寡妇总是亲昵地叫我"茹比"。为了纪念亡夫，她请一位印度朋友用英文写了一首挽歌，这首歌写得好不好，用词贴切不贴切，我无意评说。让我倒霉的是，作者偏偏指明这首挽歌要用比哈格曲调来唱，于是有一天，这位寡妇找到我，求我用这个调子给她唱这首挽歌。我像一个顺从的傻瓜，一时心软，便答应了她的请求。看样子我是不二人选，能把比哈格曲调与滑稽的歌词融合在一起，完成这项荒唐的任务。寡妇听了印度人用印度的曲调为亡夫唱的挽歌，似乎被深深打动了。我心想这事儿就这么应付过去了吧，谁知一切还远远没有结束。

后来在社交聚会中，我经常与这位寡妇相遇。宴会过后，男女宾客都来到休息室里，这时她又求我唱那首比哈格调的歌谣，而其他人也想听听来自印度的曲风有多么独特，也纷纷附和她。接下来，她从口袋里掏出印有那首挽歌的谱子，我的耳朵立刻涨得通红，耳畔嗡嗡响，被逼无奈，我只好低着脑袋，声音发颤地开始唱歌。我很清楚，这首歌除了我之外，谁也听不出内容有多么凄婉，一曲终了，客人们强忍着笑声，齐声说"真是谢谢你""太有趣啦"。虽然是冬天，我却出了一身汗。谁会想到，这位高级官员的离世，会给我造成如此沉重的打击！我跟他根本不是一个世界的人。

在这之后,我住在司各特博士家,在伦敦大学学习,很久没见到那位寡妇。她住在城外,离伦敦比较远,但她经常写信来,邀请我去她家做客。出于对那首挽歌的恐惧,我始终没敢接受她的邀请。有一天,我接到她发来的紧急电报,当时我正在去学院的路上,回国的日子渐渐临近。我觉得既然就要走了,离开英格兰前应该再去见那位寡妇一面,所以就去了。

出了学校,我没有回家,直接到了火车站。那天的天气糟透了,雪也大,雾也浓,冷得刺骨。我要去的是这条线路的终点站,我可以安心地坐在车厢里,不用跟人打听什么时候下车。

站台都在铁轨的右手边,我挑了一个右侧靠窗的座位,舒舒服服地看起书来。天已经黑下来了,窗外什么都看不见。从伦敦上车的乘客一个个到了站、下了车,火车开到距离终点站的前一站,缓缓地开了一阵,又停下来,然而窗外却一片漆黑,没有人,也看不到站台和灯光。车厢里只剩我一位乘客了,但我搞不懂为啥这趟车会在错误的时间停靠在错误的地点,于是我放弃了努力,继续看书。这时,火车开始倒着开,我猜这车子还真是古怪,难不成刚才跑得太快,冲过了头?我再一次打开书本,等火车返回之前停靠的站台,我再也无法保持镇定。"什么时候到站呢?"我问站台上的人。得到回答是:"你刚从那个站过来。""那现在去哪儿呢?"我又慌张地问。"回伦敦呀。"我懂了,这是一趟往返列车。我问下一趟车什么时候到,对方说今晚没有班次了。我又问哪儿有地方投宿,得知方圆五里都没有旅馆。

我早上十点吃了点东西,从博士家出来,然后什么也没吃。当禁食成为唯一的选择时,不如来一次心灵的苦修吧。我把厚大衣的扣子都扣上,借着站台昏黄的灯光，坐在长凳上看书。我看的是刚刚出版的《伦理学的资料》，作者是英国哲学家斯宾塞。我安慰自己，说不定以后都找不到这样的好机会，全身心地读这种类型的专著了。

没多久，一位脚夫走过来告诉我，有一辆特别快车正往这里来，大概半个钟头就到。听到这个消息，我兴奋得连《伦理学的资料》也看不进去了。我本该七点钟到，最后却九点才抵达目的地。"怎么回事，茹比？"女主人问，"发生了什么事吗？"我给她讲了自己的冒险经历，虽然这似乎并不怎么光彩。我错过了晚宴，但这样的过错，谁能预料到呢？我也许该得到严厉的惩罚，由那位美丽的寡妇来执行，然而她只是招呼我："快来，茹比，过来喝杯茶。"

我向来不爱喝茶，但抵不住肚子太饿，喝点茶也许能缓解我的饥饿感，怀着这样的念头，我就着几块饼干，咽下了一杯浓茶。走进客厅时，我发现里面坐着几位衣着端庄的女士，有个姑娘很漂亮，是美国人，和女主人的侄子订了婚，正忙着为这段婚事做准备。

"来跳舞吧。"女主人说。这时候跳舞，我既没有心情，也没有力气，但是天生温顺的性格能够帮助我克服一切困难，于是……跳舞是为了祝福那对订婚的新人，到后来，我陪着几位老妇人翩翩起舞，而我的动力，来自一杯茶和几块饼干。

悲剧还没有结束。"今晚你住哪儿呢？"女主人问我。我之前没考虑过这个问题，只好呆若木鸡地望着她，她解释说当地的旅馆在午夜时关门，现在去还不晚，还来得及。看来她善良的天性还没有完全泯灭，没有让我摸着黑去找旅馆，她叫了一个仆人提着灯笼，把我送到一家旅馆。我心想，看样子我要否极泰来了，一跨进旅馆的门槛，就问老板有没有什么吃的，比如肉啊、鱼啊或者蔬菜，冷热都行！结果对方说，喝酒管饱，就是没有吃的。我只好想着赶紧进入梦乡，就能忘掉饥饿了，但我辗转反侧，就是睡不着。房间里，砂石地板冒着凉气，一张破旧的小床和烂脸盆架是仅有的陈设。

第二天清晨，那位寡妇招呼我到家里吃早餐。我发现桌上摆的都是冷冰冰的东西，看样子是昨晚吃剩的。要是昨天晚上能给我来一小块这样的食物，热的也好，冷的也罢，谁都不吃亏。而肚子里有了货，我跳起舞时，舞姿也许不会像蹦上岸的鲤鱼一般，在地上痛苦地扭来扭去。

早餐过后，女主人才告诉我，邀请我来是想让我为一个卧病在床的老太太唱那首挽歌，还得站在她的房门外唱。女主人叫我站在楼梯平台，指着一扇关着的门说："她就躺在里面。"我对着门那边的神秘人物，用比哈格调唱起那首挽歌。至于老太太听了之后感觉如何，我就不得而知了。

回到伦敦后，因为我的愚行造成的恶果，我病倒了，躺在床上赎了两三天罪。司各特博士的女儿都来安慰我，叫我千万别把这当成英国人的待客之道。她们断定那位寡妇一定是吃了太多来自印度的盐。

欧洲音乐

我在布赖顿时,听过一位歌剧名伶的演唱会,我不记得她叫什么了,也许是尼尔逊夫人或者阿尔巴尼夫人。我从来没听到过有谁能如此灵活自如地运用自己的嗓音,在印度,优秀的歌唱家总是用力过猛,爱炫耀技巧,但一唱到高音区或者低音区,他们就只能应付过去了,脸上还要装出一副轻松的表情,也不感到羞愧。在印度,一些乐迷认为唱歌就是表演,用表演的形式把一首歌演绎出来,是天经地义的,对一个歌者来说,音色是否悦耳不重要,姿态是否优美也不重要;乐迷们甚至认为,嗓音粗糙一点,动作生硬一点,反而更真实、更完美——就像伟大的湿婆,外表褴褛,才能表现出神性。

这种情况不会出现在欧洲。在欧洲,外表的装饰必须完美无缺,唱歌的人即使有一星半点儿的瑕疵,就不敢在舞台上露脸,正视观众的目光。在印度的音乐会上,花半个钟头来调冬不拉的琴弦,或者把大鼓小鼓敲到声音和谐，也没人抱怨，但在欧洲，这种准备工作都是在幕后先做好的，一旦走到台前，就必须奉上一场完美的演出。所以演唱者的嗓音不能有任何毛病。在印度，一首歌的艺术表现力是最重要的，演唱者为此要付出各种努力，听众只要听听歌就满足了。而在欧洲，声乐本身是主要的艺术表现形式，演唱者用声音来创造奇迹。歌唱家的天籁之音才会让音乐会的听众们接踵而至。

这就是那天我在布赖顿的见闻。这场音乐会跟马戏一样好看，但即使我为歌者的声音折服，却欣赏不来那些歌曲，尤其是听到有一首歌结尾时，女高音模仿出鸟的婉转叫声，我就忍不住想笑。我觉得这有违天性，已经不是人类的声音。后来听了男歌唱家唱的歌，我才稍微舒服了一点。我特别喜欢男中音，似乎歌声中包含着更多的人性，有血有肉，不像有些音域，似一缕孤魂脱离了肉体。

在这之后，我听了很多欧洲的音乐，渐渐听懂了它的风格，但时至今日，我仍然确信欧洲音乐与印度音乐是完全不同的，它们从不同的门，进入听众心中。

欧洲音乐仿佛同物质生活纠缠在一起，所以曲式曲风多种多样，具有表现力，将主题表现得细致入微。而在印度，要是把曲调改了用途，就失去了本来的意义，变得滑稽可笑。印度的歌曲往往突破日常生活的藩篱，把人们带入"慈悲"和"出世"的境界，展示宇宙的浩瀚，表现人类内心深处神秘的、难以言说的画面。在那里，修行的人找到了静修林，享乐主义者也发现了歇凉的亭子，但忙碌的世人去了那儿，却没有落脚之处。

我不能说自己已经掌握了欧洲音乐的精髓，但囫囵地听了几场音乐会后，我的确被欧洲音乐吸引住了。我觉得欧洲的音乐是浪漫的，虽然很难说清楚我口中的"浪漫"是什么意思，也许是它的丰富多彩，像生命之海上的滚滚波涛，在不停的起伏中永远变幻着光影，以及另一个方面——静态的方面，宽广、宏大，像无边无际的天空与遥远的地平线唱起一段恬淡的二重唱。当然，我这样说估计也没有说清楚，所以每次我被欧洲的音乐感动的时候，只好一次次提醒自己，它是浪漫的，用旋律演绎着人类社会的复杂性。

印度的一些音乐也尝试过对这种复杂性进行艺术再现，但没有欧洲音乐那么有感染力、那么成功。印度的音乐奉献给了繁星点点的夜晚，给了黎明的曙光，诉说着雨中的漫天哀愁，和初春时洋溢在林间的勃勃生机。

恒河岸边

　　第二次英格兰之行结束回国后,哥哥乔蒂任德拉和嫂子正住在琼德尔城恒河岸边的别墅里,我和他们住在一起。

　　我又见到了恒河!那些无法形容的日日夜夜,因欢乐而疲倦,因渴望而忧伤,伴着河畔树林的清凉倒影,在河水的哀怨潺潺声中流走。这灿烂的阳光,轻拂的南风,流动的河水,高贵的慵懒,从地平线的这一头延伸到那一头,从绿色大地延伸到广阔的蔚蓝天空,这一切对我来说就像饥渴的人见到了食物和水源。这里才有家的感觉,让我感受到母亲般的爱抚。

　　似乎不久前我才来过这儿,但时光已经带来了许多变化。恒河岸边绿树环抱中的家园,已经被工厂所取代,它们像恶龙一样,到处竖起头颅,嘶嘶地喷着黑烟。进入现代生活,在炎热的晌午,连我们精神上小憩的时间也被压缩到最短,各种纷扰侵入生活的方方面面。也许这样做是为了让生活更美好，但就我个人而言，变化并不一定带来好处。

我在河畔度过的美好时光，像一朵朵献祭的莲花随恒河水漂走。在一些下雨的午后，我像个被雨水浇透的疯子，弹着风琴伴奏，用自编的曲调哼唱古老的毗湿奴派歌曲。还有些午后，我们会泛舟河上，哥哥乔蒂任德拉用他的小提琴为我的歌声伴奏。一开始我们唱布勒比民歌，随着天色渐晚，音乐形式不停变换，唱到比哈格调时，西方天边的晚霞中，制造金色玩具的工厂渐渐关上大门，月亮从东边升上了树梢。

我们将船划到岸边通往别墅的台阶旁，铺开一片褥子，坐在面向河水的平台上。这时，陆地和水面上都笼罩着一片银白色的宁静，周围几乎没有什么船只，河岸上的树影只剩下一片深深的阴影，月光在平静的溪流上闪烁。

我们住的别墅叫"莫兰花园"。一段石阶从水边向上延伸，通向一个又长又宽的游廊，这是众多廊道的一段，屋舍与廊道不平行，高低错落，不在同一层，有些房间必须走几段楼梯才能到达。俯瞰着楼梯平台的那间大客厅，镶着一扇扇彩绘的玻璃窗。

有一幅画上挂着一个秋千，悬在浓密的树枝上。在阴凉斑驳的凉棚里，一对青年男女坐在秋千上摇荡。另一幅画上是宽阔的台阶，通向城堡般的宫殿，身着节日盛装的男女在台阶上来来往往。当光线洒在窗户上时，这些图画闪耀着奇妙的光芒，似乎有节日的欢快曲调响彻恒河岸边。这是一种早已被遗忘的、遥远时代的狂欢，用无声的光之絮语诉说着自己的心事；河畔的树林里，在秋千上摇荡的倩影让爱情充满永恒的活力。

别墅的最高处是一个圆塔,四面都开着窗,这里是我写诗的地方。从那里只能看到周围的树梢和广阔的天空。那时我正忙着写《暮歌集》,坐在这间屋子,我写道:

在那里,在无边无际的太空中,云朵沉睡,
诗啊,我为你建造殿宇。

卡尔瓦尔

我们把在加尔各答萨德尔街的集会迁到了西海岸的卡尔瓦尔。卡尔瓦尔在孟买省南部,是卡纳拉区的首府。卡尔瓦尔位于梵语文学中所提到的马来亚山地带,长满小豆蔻藤和檀香树。我二哥在那里当法官。

这个小港口群山环绕,十分幽静,没有一点城市港口的样子。新月形的海滩向无边的大海伸出双臂,像是热切地想要拥抱大海。辽阔的沙滩边缘,一片木麻黄树林延伸至喀拉那迪河畔,这条河穿过两岸的峡谷,汇入大海。

我记得,在一个月夜,我们乘坐一艘小船溯流而上。小船停在什瓦吉时代的一处古堡下,我们上了岸,沿着山路而行,走进一户打扫得干干净净的农家小院。月光斜照在院墙顶上,我们坐在毡子上,吃光了带来的东西。返航时,我们让小船顺水漂流。浓浓的夜色笼罩着寂静的山林,喀拉那迪河默默无言,水面洒满迷人的月光。我们花了很长时间才抵达河口，所以没有再走海路，而是弃舟步行，沿着沙岸朝家的方向走去。夜已经很深了，海面平静得没有一丝波纹，甚至连木麻黄树的沙沙声都停歇了。大片的沙地上，树影一动不动地悬在沙地边缘，地平线周围的一圈蓝灰色山丘在天空下安静地沉睡。

在这无边的白色岑寂中，我们几个人和自己的影子并行，一言不发。到家后，我的睡眠被更深沉的情感所吞没。我写的一首诗，从此与遥远海滨的那个夜晚纠缠在了一起。除了与之交织的记忆，我不清楚它是否还能吸引读者。这种怀疑让它没有被收录在莫希塔先生替我出版的作品集里。但我相信，把这首诗放在我的回忆录里，自有它的一席之地。

  让我沉沦，在午夜的深处迷失自我。
  让大地离开她的羁绊，让她把我从尘土的障碍中释放出来。
  星星啊，请从远方守望，虽然你在月光下沉醉，
  让地平线在我周围展翅飞翔。
  让这里没有歌声，没有文字，没有声音，没有触摸；睡不着，醒不来——
  只有月光洒满天际、照耀在我身上。
  世界在我眼中就像一艘载着无数朝圣者的船，
  消失在遥远的蓝色天空，
  水手的歌声在空中越来越微弱，
  而我沉在无尽的夜的怀抱里，让自己消失，缩成一个点。

这里有必要指出，凭着洋溢的感情在冲动中写出来的东西，并不一

定就好，这只是一种情感的宣泄。让作者完全摆脱自己的感情是不可能的，但只是一味宣泄，也不可能创作出最纯真的诗歌。记忆像一支画笔，能涂抹出诗歌真实的色彩。但距离太近，情感就会压迫我们的想象力，除非摆脱这种影响，想象才能有充分的自由。不仅是诗歌，所有的艺术创作都是如此，艺术家的心灵必须达到一定程度的超脱——即追求所谓的心境。只有进入这种境界，艺术家才能发挥创造力，心灵才会有所反应，避免对主题的简单复述。

自然的报复

在卡尔瓦尔时，我写了一部诗剧，叫《自然的报复》，主角是一个托钵僧（修道士），他斩断了尘世间的情欲枷锁，力求战胜自然，从而真正彻底地回归本我。然而，正当专注于无限时，一个姑娘却让他坠入情网，将他召回尘世，再次套上情感的枷锁。归返人间后，修道士认识到，渺小中就包含着伟大，有限里蕴含着无限，凡是有爱的地方就有心灵的自由。在爱之光笼罩下，一切有限都融入无限。

卡尔瓦尔的海滩无疑是最适合的地方，让我们意识到自然之美不是想象出来的海市蜃楼，而是无限的反映，吸引我们达到忘我的境界。当宇宙以其神奇的法则来表现自己的时候，无怪乎我们会忽略它的无穷无尽；但是，当我们的心在最卑微的事物之美中与浩瀚直接接触时，还有争论的必要吗？

自然带领修道士走过心灵的小径，来到坐在"有限"宝座上的"无限"面前。在《自然的报复》剧中，一方是行人、村民，他们在琐碎的生活中浑浑噩噩地打发日子；另一方是修道士，他急于让自己舍弃一切，抛弃世俗的牵绊，进入想象出的无限之中。当爱在他们之间架起一座桥，让修行者与凡人相遇，看似平庸的有限和看似虚无的无限便一同消失了。

这个故事是我的亲身经验，以另一种形式表达出来而已。那时的我就像是离群索居，住在一个幽深的洞穴里，终于有一天，一道迷人的光射入这个洞穴，让我与自然融为一体。《自然的报复》可以视作我未来全部文学创作的一个序曲，或者更确切地说，是我一切创作离不开的主题——从有限的生命之中获得无限的欢愉。

从卡尔瓦尔返回途中，我在船上为《自然的报复》写了几首诗。我心情舒畅地坐在甲板，一边写，一边吟诵着第一首：

> 母亲啊，把你的宝贝孩子留给我们吧，
> 我们把他带到放牛的田里去。

太阳已经升起，花蕾已经绽放，牧童们正走向牧场；他们不想冷落金色的阳光、盛开的鲜花、欢腾的草原，在那里，他们想与黑夜相会，欣赏无限的千姿百态；他们一大早就出门，不是从远处，也不惧权势，而是在森林、田野、山峦、河谷中与无限一起快乐地嬉戏。他们衣着朴素，一袭黄衫，一个野花编成的花环，这样的装饰就足够了。因为若是要去浮华之地寻找欢愉，他们就不得不盛装出行，反而无法找到欢乐无处不在的地方，如果你费力地去寻找它，或者在繁华的环境中去寻找，你就会与无限擦肩而过。

从卡尔瓦尔回家后不久，我结了婚，那时我二十二岁。

亲人离世

这段时间,死神似乎在我家徘徊,迟迟不肯离去。在这之前,我从来没有目睹过死亡。母亲去世的时候,我还很小。她病了很久,也不知道是什么时候病入膏肓的。母亲和我们住在同一栋楼。她患病期间,还坐船去恒河上旅行了一次,回来后,她住在内院的一间屋里。

母亲去世的那个晚上,我们在楼下自己房间里睡得正香。也不知道是半夜几点钟,老保姆跑进房间,哭喊着:"哎哟,我的小家伙啊,你们一切都完了!"我的嫂嫂喝止她,把她拖走,免得让我们这些幼小的心灵受到惊吓。保姆的叫喊声把我从睡梦中惊醒,只觉得心里一沉,但不清楚发生了什么事。早上,听到母亲去世的消息时,我也不明白她的死对我意味着什么。

我们来到屋外的走廊上,看见母亲躺在院子里一张床上,穿戴整齐。她的面色很安详,看不出一丝死亡的恐怖。在晨光中,我们所看到的死神，就像平静的睡眠一样从容优雅。我们从中并没有看出生与死的区别。

直到她的身体被抬到门外，我们跟随送葬的队伍走向火葬场，想到母亲再也不会跨进这道家门，像往常一样处理家务的时候，我的心头才突然刮起一场悲痛的风暴。黄昏时分，我们从火葬场回来，拐进胡同，我抬头望着三楼父亲住的那间屋子，发现他仍然静静地坐在廊道里祈祷。

家里最小的嫂嫂担负起了照料我们这些丧母孩子的重任，吃的、穿的，以及生活中的各种需要。她时刻陪着我们，以免我们感到亲情的缺失。面对至亲的离去，生命中有一种强大的力量，帮助人们忘却无法弥补的损失，而且年纪越小，这种力量越强大，这样一来，任何打击都不会让人一蹶不振，任何创伤也不会永远刻在心底。因此，死神落在我们头顶的第一个阴影并没有留下永恒的黑暗，它悄悄地来，又悄悄地离去。

等我长大了些，在一个春日，我从花园里采下一把含苞待放的茉莉花，扎在头巾的一角，像野猫一样四处转悠。花蕾尖细的顶端温柔地拂过我的面颊，让我不由得想起母亲的手指。我清楚地感觉到，逗留在那些美丽指尖上的抚触，恰如这些每天绽放的纯洁的茉莉花蕾。在这世上，这种温柔的抚触无处不在，不论我们已经遗忘，还是记得。

但是在我二十四岁那年，最小的嫂嫂突然去世，让我至今难以释怀。对我造成的打击，伴随后来的每一次丧事而不断加重，悲痛的链条也不断延长。童年时，轻松的生活能帮助我们从死亡的不幸中逃走，但成年后，想逃避死亡所带来的不幸就不那么容易了，因此我只有敞开胸怀，坦然接受这些打击。

我当时没有想过,生活中还会有怎样的悲欢离合。一切仿佛都是由悲欢编织而成的,我只接受这样的生活,其他的都视而不见。恰在此时,死神不知从何处钻出,突然在清晰如画的生活中凿开一处豁口,这时,我变得不知所措。周围的一切:树木、山川、日月星辰,依然像以前一样真实,但那个活生生的人,那个与我的生活和身心有着千丝万缕联系的人,对我来说更真实的人,却转眼间就像梦一般地消逝了。我环顾四周,觉得这是多么奇特的毁灭方式,多么难以理解的矛盾处境啊!生与死,我该如何让它们在生活中和谐共存呢?

从这一裂缝中显露出来的可怕的黑暗,随着时间推移,日夜不断地吸引着我。但我总有一天会回来,站在那里凝视它,因为我想知道什么东西可以替代它。虚空是一种人无法相信的东西,不存在的即是虚假的;虚假的就是不存在的。所以,我们一直在努力寻找一些看不见的东西。

就像一株被黑暗包围的幼小植物,踮着脚、摸索着伸向光明,当死神突然把黑暗投在我心灵的周围时,我也尽力要伸向光明。只是当黑暗阻止我们寻找道路走出黑暗时,面前除了痛苦,还有什么东西存在呢?

然而,在这种难以忍受的悲痛之中,欢乐的火花似乎不时地在我的脑海中闪现,令我十分惊讶。生命并不是一种坚固而永久的东西,这个不幸的消息让我沉重的心情轻松了一些。我们不会永远被囚禁在生活的牢固石墙里,这个念头总是在不知不觉中涌上心头。我必须放手——这虽然会带来痛苦的失落——但与此同时,我重新获得了自由,内心又感受到一种崇高的宁静。

世间无处不在的压力通过生与死来徐徐释放,所以才不会压垮我们。不可抗拒的生命力,其可怕的重量不是我们所能承受的——我仿佛是在步入新生活的某一天,悟出了这个奇妙的真理。

破除了对俗世生活的迷恋后,自然之美在我眼中有了更深的意义。死亡给了我一个正确的视角,让我能透过这个视角去感知充满美的世界,因此当我站在死亡的巨大背景上,欣赏宇宙的画面时,我懂得了它迷人的魅力。

这时,我的思想和举止上的怪毛病又来了。要我服从世俗的风尚,仿佛它们是严肃而真实的东西,不禁让我好笑。我不想把它们当真。不去理睬别人对我的看法,心理负担自然就消失了。我身披一条粗布,脚穿一双拖鞋,径直走进那些有身份的人经常光顾的书店。无论刮风下雨、酷热严寒,我都睡在三楼的凉台上。在那里,我可以和星星对视,欢迎黎明的第一缕曙光。

我不是在苦行,更像是参与一场节日的狂欢。我把手拿戒尺的老师视作一个幻象,就从琐碎的校规中解脱出来了。要是某一个晴朗的早晨,我们从梦中醒来,发现地心引力比以前减少了一点,我们还会亦步亦趋地在路上走吗?我们难道不会换一种步态,从楼顶越过?或者遇到纪念碑的时候,懒得绕行,直接从上面跳过去?我的情况就是如此,当世俗的重担不再拖住我的双脚,我就走上一条不同寻常的路。

黑夜中,我独自站在凉台,像个瞎了眼的人四处摸索,想在由死亡的黑色石块筑成的门上摸到什么图案或者记号。当晨光照在我那张挂着帐子的床上，我睁开眼，心灵的帷幕仿佛被掀开了。雾气散去，山峦、河流和森林都闪着微光，被露水洗过的世界像一幅色彩鲜艳的画，在眼前焕然一新。

第 **5** 章

此生是一场
寂寞的旅程

泰 戈 尔 散 文 精 选

孟加拉风光

引子

　　这本书中收录的信件，写于我文学生涯中最富有成果的时期。当时，由于莫大的幸运，我还年轻，名气也不大。

　　青春的我朝气蓬勃，闲暇时光充裕，我觉得除了写商务信函，我还得写一些令人心情愉悦的信，将我想说的话、想流露的情感，用文学的方式淋漓尽致地表达出来。其他体裁的文学创作，作者出于利益的考量而公之于众，而那些一次次写给个人的信件，情之所至，弃之可惜，与各位分享倒也无妨。

　　碰巧的是，从大量这样的信件中精选出的一些片段在多年后又回到了我的手中。你们猜得没错，读到这些稚嫩的文字，我很开心，因为我回忆起了那些日子，那些在懵懂的庇护下，我享受过的一生中最大的自由。

　　由于这些信件与我的相当一部分作品创作于同一时期，我觉得读一读这些信，能帮助读者们更好地理解我写的诗，因为我正在反复探索，试图拓宽我的文学创作道路。这就是我在一本写给我的同胞们的书中公开它们的原因。希望这些信中对孟加拉乡村风景的描述也能引起读者们的兴趣，我将这本书信集的翻译任务委托给了我认识的人中最合适的人。

泰戈尔

1920年6月20日

班多拉海滨　1885年10月

光秃秃的海面在翻腾，翻起巨浪，泛着白沫。这让我突然联想到一头被捆绑起来的怪兽，正拼命想挣脱绳索。我们在岸边——在它张开的大嘴前——建造起家园，看它甩动着尾巴。海浪像巨人的肌肉一样鼓起，这是多么令人惊骇的力量呀！

从创世之初，陆地和海洋之间便有了这样的争斗：干涸的土地缓慢无声地扩大着疆域，为它的子民敞开越来越宽阔的怀抱，而海水则一步一步退去，起伏着、啜泣着，在绝望中捶打自己的胸脯。但是别忘了，大海曾经唯我独尊，拥有至高无上的权力。

陆地从海洋的子宫中诞生，篡夺了它的王位。从那以后，这个发了疯的老家伙便顶着一头白色的泡沫，不断地哀号和恸哭，就像身处天灾人祸中的李尔王。

1887年7月

我二十七岁了。这件事一直浮现在我的脑海里——但近来似乎没有什么大事发生。

可是到了二十七岁——这是件小事吗？——在奔三的路上，经过了二十的子午线，这难道不值得开心吗？——三十岁，三十岁是成熟的年龄，到了这个年龄，人们会期待收获果实，而不是新鲜的嫩叶。可是，唉，承诺中的累累硕果在哪儿呢？我摇着头，我的脑袋里装的仍然是甜美的轻浮，没有一丝哲理。

人们都在抱怨："你还是一根绿色嫩芽的时候，我们就对你充满期待——期待中的那个你去哪儿了呢？难道我们要永远忍受你的不成熟？是时候让我们看看你的才华了。我们需要实打实的东西，看看那些蒙着眼睛推磨的批评家，能不能公正地做出评价，能从你身上榨出多少油来。"

不可能欺骗这些好心人，让他们再等待下去了。我还未成年的时候，他们信任我；如今我都快三十岁了，再令他们失望，我会心怀愧疚。可是我该怎么办呢？智慧的话语又不会凭空生出来！我完全没有能力写一些有用的东西，给人教益。我只胡诌了几首诗，写了几则小品，杜撰了一些戏谑之作。我驻足不前。因此，那些满怀希望的人将怒气撒到我的身上，可当初我也没求他们对我抱以厚望呀！

自从白沙克月那个晴朗的早晨，我在微风、阳光、新叶和繁花中醒来，发现自己步入了二十七岁，这些念头就一直困扰着我。

沙扎德普　1890 年

法官正坐在帐篷外的露台上，为那些在树荫下等候的人们主持公道。他们把我的轿子抬到他跟前，那个年轻的英国人有礼貌地接待了我。他的发色很浅，其间点缀着一簇簇深色头发，一撮小胡子刚刚长出来。要不是他那张稚气未脱的脸，你还以为他是个白发苍苍的老人。我请他到家里来共进晚餐，但他说自己有约在身，要去别的地方参加一个狩猎野猪活动。

当我回到家时，乌云密布，可怕的暴风雨来了，大雨倾盆。我看不进去书，也没有心思写作。我不知道该干什么好，只好从一个房间转悠到另一个房间。天色变得很暗，雷声响个不停，一道道闪电划破天际。不时刮来阵阵狂风，扼住那棵大荔枝树的脖子，把蓬松散乱的树顶用力地摇来摇去。屋前的洼地很快就积满了水。我在屋里踱来踱去时，突然想到我应该请那位法官到家里来避雨。

我立刻派人去请他。经过一番查看，我只找到一间空房，从房梁垂下的绳子系着几块厚木板，形成一个巨大的平台，上面堆放着脏兮兮的旧被子和垫枕。地板上凌乱放着仆人们的物品，包括一张脏得可怕的席子、几根水烟筒、烟叶、火绒和两只木箱子，还有各式各样的包装箱，里面装满了无用的零碎东西，像是生锈的壶盖、缺了底座的铁炉、一把褪了色的旧茶壶，以及一个盛满糖蜜的汤盘，糖蜜表面积满了黑灰。屋角放着一个洗碗盆，墙上的钉子上挂着湿答答的洗碗布和厨子的衣帽。唯一的家具是一张摇摇晃晃的梳妆台，台面沾有水渍、油渍和奶渍，有黑色、棕色和白色的污渍，还有各种混在一起的污渍。梳妆镜已经脱离了梳妆台，靠在另一面墙上。抽屉里装了各种小零碎，有脏了的餐巾，有铁丝瓶架，还有灰尘。

我一时惊慌失措，接下来的场景是——叫来管家，叫来司库，召集所有的仆人，找到多余的人手，取水，架梯子，解开绳索，放下木板，拿走铺盖卷，一点点地捡起碎玻璃，用扳手把墙上的钉子一颗颗拔下来。——枝形吊灯掉了下来，摔成了碎片，又得把玻璃一块块清扫干净。——我亲自动手把脏席子从地板上拿起来，扔到窗外，顺便赶走了定居在席子里的一堆蟑螂，这群食客吃掉了我的面包、糖蜜和鞋子上的鞋油。

法官的回复传来，他的帐篷被暴雨浇得一塌糊涂。他马上就来。赶紧收拾！赶紧收拾！不久，门房传来一声："大人到了。"我慌慌张张地掸去头发上、胡子上和身上的灰尘，一边走去客厅迎接他，一边努力装出一副体面的样子，仿佛整个下午我都待在家里舒舒服服地休息。

我跟他握了手，寒暄起来。我装出一副镇定自若的样子，心头却时不时地担忧他的适应能力。熬到最后，我不得不领着客人去他的房间，发现里面收拾得居然像模像样，如果那些无家可归的蟑螂不跑来挠他的脚底，他肯定能睡一夜好觉。

迦利格拉姆　1891 年

我懒洋洋的，心情舒畅而惬意。

这里的氛围就是如此。眼前有一条河，水波不兴，莎草舒舒服服地躺在水面上，心里似乎在想："既然不迈腿也可以前进，那我干吗要动一动身子呢？"所以渔夫们带着网来到河边时，沿岸的莎草几乎没听到别的动静。

四五艘大船并排停泊在附近。在一艘船的上层甲板上，有个船夫从头到脚裹在一条被单里，睡得正香。另一艘船上，船夫晒着太阳，悠闲地把纱线搓成绳子。而在第三条船的下甲板上，有一位老船夫，光着身子倚靠在一支桨上，茫然地盯着我们的船。

河岸上也有各种各样的人，但他们为什么来了又走，懒洋洋地迈着慢吞吞的步子,或者抱膝而坐,或者眼神呆滞地望着某个方向,谁也猜不出答案。

唯一活蹦乱跳的是那群鸭子,它们嘎嘎地叫着,叫得震天响,将脑袋扎到水下,然后又钻出水面,抖落身上的水滴。它们像是在坚持不懈地寻找藏在河底的秘密,但每次都无功而返,摇摇头,大声报告:"什么也没有!什么也没有!"

这里的白昼在阳光下沉睡了十二个小时,另外的十二个小时也被裹在黑暗的斗篷中,酣然入梦。在这里,你唯一想做的是看着眼前的风景,给自己的想象力插上翅膀,偶尔哼一首小曲儿,睡意蒙眬地打个盹,就像一位母亲在冬日的正午背对着暖阳,低吟浅唱,哄着婴儿入睡。

沙扎德普 1891年2月

就在我的窗前,在河的对岸,一群吉卜赛人安营扎寨。他们将竹竿搭起来,上面盖着破竹席和布片。一共搭了三个这样的小窝棚,人站在里面,矮得直不起腰。白天他们都在外面活动,只有到了入夜时分才爬到棚子底下,挤在一起睡觉。

这就是吉卜赛人的生活方式:居无定所,不需要付租金给房东,只要他们乐意,就带着孩子、几头猪和一两条狗四处流浪。对他们,警察总是投来警惕的目光。

我经常观察离我最近的那家人的一举一动。他们皮肤黝黑,但长得很好看,体格健壮,像西北部的乡下人。他们的女人落落大方,身材修长、苗条而匀称,做事时手脚麻利,流露出一种自然独立的神气。在我看来,她们有英国女性的风范，只是皮肤黑了些。

男人刚把锅放到炉火上，正在劈竹子、编篮子。女人先拿起一面小镜子照照自己的脸，然后用一块湿布使劲擦脸，擦了一遍又一遍，随后，她整理好上衣的衣褶，干干净净地走向男人，坐在他身边，偶尔帮他搭把手。

他们真是土地的儿女，出生在土地上的某一个地方，在任何地方的路边长大，在随便什么地方死去。在辽阔的天空之下，在开朗的空气之中，在光光的土地上，他们日夜过着一种独特的生活；他们劳动，恋爱，生儿育女和处理家务——每一件事都在土地上进行。

他们一刻也闲不下来，总在做事儿。一个女人把自己手上的事忙完了，就一屁股坐到另一个女人身后，解开她的发髻，替她梳头。她们是不是正聊着这三间棚屋下的家长里短呢，我距离太远，不敢肯定，但我可以大胆地猜想。

今天早晨，一场巨大的骚乱打破了吉卜赛人住处的宁静。大概是八点半或九点钟，他们正在棚顶摊开破毯子和用来铺床的破布，晒晒太阳，透透气，大猪小猪一群群躺在泥坑里，看起来像一堆泥土，这时两条狗跑了过来，向它们发起进攻，逼它们出去找东西吃。熬过了一个寒冷的夜晚，这群猪正舒舒服服地晒太阳，却不料被狗惊扰，都扯着嗓子大叫，表达心头的不满。我正写着信，心不在焉地把视线投到外面，刚巧目睹了这场争吵。我站起来，走到窗边，看到一大群人包围了吉卜赛人住的地方。一个很神气的家伙手里挥舞着一根手杖，嘴里骂骂咧咧。吉卜赛头人显然被吓得不轻，正竭力辩解着什么。我猜是当地发生了一些可疑的案件，引来一位警官造访。

他们吵他们的，那个女人仍坐在原地，手里也没闲，刮着一根根劈开的竹条。她很镇定，似乎身边没有其他人，也没有什么争吵发生。然而，她突然跳起来，朝那个警官走去，在他面前使劲地抡起胳膊，用尖厉的声音劈头盖脸冲着警官说了一通。一眨眼工夫，警官的气势消失了大半，他想插一两句温和的抗议，却没找到机会，只好垂头丧气地走了。和来时就像是变了一个人。

等他撤退到一个安全的距离，他转过身，对着吉卜赛人大吼："我说到做到，你们全得从这儿滚蛋！"

我以为对面的邻居会立刻收拾他们的席子、竹竿，带着包袱、猪和孩子跑路。但目前还没有任何动静，他们仍在若无其事地劈竹子、做饭和梳妆打扮。

沙扎德普　1891年2月

邮局进驻的大楼是我家的产业——这实在是很方便，因为信一送达，我们马上就能拿到。有些晚上，邮局局长会上楼来跟我聊天。我喜欢听他讲故事。

他用最严肃的表情讲最荒诞的故事。

昨天他讲给我听的是这一带的人是多么崇敬神圣的恒河。他说，如果他们有亲人死去，却没有办法把他的骨灰撒进恒河，他们会从火葬柴堆里取出一块他的骨头，磨成粉，保存好，等他们遇到某个曾经喝过恒河水的人，就将骨粉拌进蒟酱卷里请他吃，然后欣慰地想象他们已故亲人的一部分遗骸接触了圣水，得到了净化。

我笑着说："这肯定是瞎编的。"

他沉思了一阵，然后说道："嗯，也许吧。"

沙扎德普　1891年6月

　　船泊在岸边，一股香味从岸边冒了出来，地面的热气在喘息中升腾，真切地触碰到我的肌肤。我感觉到温暖的大地在有节奏地呼吸，而她也一定能感觉到我的呼吸。

　　稻苗在微风中摇曳，一只只鸭子把脑袋探进水里，然后梳理自己的羽毛。船在水流中不由自主地晃来晃去，除了舷梯撞击船身发出的微弱而悲哀的嘎吱声外，什么也听不见。

　　离这儿不远，有一个渡口。衣色斑斓的人群聚集在菩提树下，等待渡船折返；船甫一靠岸，他们便争先恐后地往上挤。这样的情景我乐意连续看上几个小时。今天是对岸村庄的赶集日，怪不得渡船如此繁忙。有的人扛着一捆捆的干草，有的挎着竹篮，有的肩扛麻布袋；有些人正赶往集市，另一些人则从集市归来。就这样，在这个静谧的晌午，人群汇成一股溪流，在两座村庄之间的河流上缓慢穿行。

　　我坐在那里，陷入沉思：为什么我们国家的田野、河岸、天空和阳光总是笼罩着一层忧郁的阴影呢？我得出的结论是，因为对我们来说，自然是最重要的东西。天空自由辽阔，田野一望无垠，太阳将它们融合成一个炽热的整体。在天地之间，人类似乎显得微不足道。他来了又去，像一艘渡船，从此岸航行到彼岸；他喋喋不休的说话声，断断续续的歌声回荡在耳边；在这个世界的集市上，他四处奔走，只为追求自己心中小小的欲望，而在冷漠的浩瀚宇宙中，他所做的一切看起来是多么微弱、多么短暂、多么可悲、多么无意义！

当我目不转睛地盯着河对岸田野边那排朦胧的、遥远的青色树林时，大自然的美丽、辽阔、祥和——简直达到静谧、无为、淡然与深不可测的地步，这跟我们日常生活中琐碎的、令人悲伤的、饱受折磨的烦恼形成了鲜明的对比。想到这些，我简直要疯了。

大自然隐而不见，蜷缩在云和雾、雪与黑暗之下，人类才感到自己是主人。他将自己的愿望、工作，视为永恒，要让它们万古不朽，他寄望于子孙后代，他为自己树碑立传，他甚至不惜替死者建造墓碑。他是如此忙碌，以至于竟没有时间去考虑有多少纪念碑倒塌，便有多少名字遭到遗忘！

沙扎德普　1891 年 6 月

河岸上有一根横倒在地的巨大桅杆，一群一丝不挂的村童聚在一起商量了好半天，决定试一试，看看一边大喊一边推桅杆，能不能把桅杆推动。这是个新鲜而过瘾的玩法。达成共识后，他们马上行动起来，大声喊着："嘿哟，兄弟们！一起来！使劲儿推！"桅杆每滚一圈，就传来一阵欢笑声。

其中有个女孩子，她的表现与众不同。她是因为没有别的玩伴，才跟这群男孩玩的。显然，她瞧不上这种又吵又费力的游戏，一言不发地踏上桅杆，故意坐在上面。

这么难得的游戏,突然就不能玩了！几个男孩走开了，似乎表示放弃，但又忍不住愤愤不平地瞅着那个神情冷漠的女孩。有个男孩做出要把她从桅杆上推下来的样子，但即便这样，她也无动于衷。年纪最大的男孩朝她走过来，指了指其他也可以坐着休息的地方，但她用力地摇了摇头，把双手插在膝间,在她的座位上坐得更稳。最终双方吵了起来,动了手,成功地把她赶走了。

快乐的喊叫声再次响彻云霄,桡杆的滚动让大家兴奋不已,连那个女孩也不得不把她的高傲和矜持抛到一边,假装兴奋,加入了这个无聊的游戏。但谁都看得出来,她自始至终都觉得这帮男孩根本不知道什么才是正确的玩法,男孩们总是幼稚得很!要是她手上有个头顶扎着粗粗的冲天辫的黄色陶土娃娃的话,才不会降低自己的身份,跑来跟这群愚蠢的男孩一起玩这种弱智游戏呢!

突然之间,这帮男孩又想到了另一个打发时间的好玩法。两个男孩抓住第三个男孩的手脚,把他的身子荡起来。这肯定很好玩,因为所有的男孩都热切地围了上来。女孩实在忍无可忍,满脸不屑地离开了这个游戏场,径自往家走去。

紧接着,意外发生了。那个被荡的男孩摔了下来,他一气之下离开了伙伴,一个人跑到草地上躺了下来,头枕着双臂,似乎再也不想跟这个邪恶而艰难的世界有任何瓜葛了,就那么躺着,一直躺下去,数天上的星星,看云朵嬉戏。

年纪最大的男孩无法忍受这种过早的"弃世"行为,跑到那个闷闷不乐的男孩身边,蹲下来,把对方的脑袋放在自己的膝盖上,边道歉边哄他:"好啦,小兄弟!快起来,小兄弟!我们伤到你了吗,小兄弟?"不一会儿,两人又玩耍起来,像两只小狗,互相推搡!两分钟后,那个小家伙的身子又被荡上了天。

沙扎德普　1891 年 6 月

　　昨晚我做了一个非常奇怪的梦。整个加尔各答城好像被一种可怕的神秘笼罩着，透过一层又黑又密的浓雾，只能依稀看见房屋的轮廓。在雾霭的面纱下，一些怪事正在发生。

　　我租了一辆马车，沿着公园大街走，经过圣泽维尔学院时，我发现校舍开始迅速向上生长，在雾气的包裹中，很快高得令人难以置信。于是我意识到，一定是有一群巫师来到了加尔各答，他们收了赏金，创造出了这些奇迹。

　　等我回到位于乔洛桑科的宅子，才发现巫师也来了这儿。他们长相丑陋，留着稀疏的小胡子，下巴上飘出几根长髯。他们能让人生长。有些姑娘想长得高一点，巫师朝她们头顶撒了一些药粉，她们的个头就噌噌地往上蹿。我碰见的每个人都在不停地念叨："这太神奇了——简直像是在做梦！"

　　然后有人提议把我们的宅子也变大一点。巫师们同意了，作为准备工作，得先拆掉建筑的一部分。拆完后，他们要求先付钱，否则就撒手不干了。管账先生对此强烈反对，哪有事儿没干完就给钱的道理？听了这番话，巫师大发脾气，把整个建筑拧得令人可怕，人和砖块都混在了一起，身体在墙里，只露出脑袋和肩膀。

　　就像我对哥哥说的那样，这看起来完全是一桩与魔鬼做的交易。"你瞧，"我说，"遇到这种事儿，我们最好祈求神灵保佑！"然而不管我如何以神的名义诅咒他们，还是无济于事，到最后我说不出话来，从梦中惊醒。

　　一个离奇的梦，不是吗？加尔各答落到撒旦的手中，在邪恶迷雾制造的黑暗中邪恶地成长！

沙扎德普　1891年7月

  这个登船的地方还泊着另外一艘船，岸边站着一群村妇。显然，有些人正准备出发，其他人则前来送行；婴儿、面纱和白发混杂在人群中。

  有一个女孩特别引起了我的注意。她十一二岁，但是体形丰满结实，说她有十四五岁也不奇怪。她有一张迷人的脸——肤色很黑，但很漂亮。她的头发剪得像男孩子一样短，衬托出她单纯、坦率而机警的神情。她怀里抱着一个孩子，用毫不掩饰的好奇眼神注视着我，眼神中不乏率性和智慧。她介乎男孩和女孩之间的气质特别吸引人——一种男性刚毅和女性妩媚的奇妙融合。我们孟加拉的乡村居然有这种类型的女孩，实在出乎我的意料。

  显然，这家人都不太羞怯腼腆。其中一个女人在阳光下解开发髻，用手指梳理起来，一边梳，一边扯着嗓子跟另一艘船上的女人拉家常。我了解到她只有一个独生女，那个傻孩子不会做事，不会说话，甚至连谁是亲戚、谁是陌生人都分不出。我还知道了戈帕尔的女婿是个碌碌无为的家伙，所以他的女儿不愿住到夫家去。

  终于到了出发的时刻，她们护送短发少女上了船，她有浑圆的手臂，戴着金色手镯，还有一张天真而神采奕奕的脸。我猜她是从娘家回丈夫家里去。家里人全都站在那儿，目送着船离岸，有一两个人用纱丽的下摆擦去眼中的泪水。一个小女孩，头发紧紧扎成一个结，正搂着一位老妇人的脖子，在她的肩上默默地哭泣。也许她刚刚失去一位亲爱的宝贝姐姐，从此再也没人陪她一起玩洋娃娃，淘气的时候也没人教训她了……

小船在河上静静漂远，这更增添了别离的悲情——就像是死亡——逝者消失在眼前，留下的人抹着眼泪，回归到他们的日常生活。的确，这种痛苦只会持续一段时间，而且不论是对离开的人、还是留下来的人，痛苦之情也许早已平复了——痛苦是短暂的，遗忘却是永恒的。尽管如此，相比遗忘，痛苦给人的冲击力更强。有时，在面对生离死别时，我们才意识到它们是多么可怕。

回卡塔克的运河轮船上　1891 年 8 月

我忘记带行李了，身上穿的衣服一天比一天脏，让人难以忍受。这件烦心事时刻萦绕在我的心头，与我的自尊心格格不入。有了行李我才能昂首挺胸、精神抖擞地面对世人，没了它，我宁愿躲在角落里，避开人们的目光。夜里，我和衣而睡，早上，又穿着衣服来到人前。而且汽船上到处都是煤烟，天又热得难受，让人浑身上下黏糊糊的，很不舒服。

除了这些，我在船上还得忍受别的折磨。同船的乘客什么样的人都有。有一位叫阿戈尔的先生，无论说啥都不含蓄，不管是对人还是对事，都喜欢骂两句。还有一位音乐爱好者，坚持只在夜深人静的时候演奏巴拉布曲调，不管他演奏得如何，实在是不合时宜。

从昨晚开始，船就一直搁浅在狭窄的运河河槽里，现在是早上九点多钟了。我在拥挤的甲板的一个角落里熬了一夜，变得半死不活。我曾请求侍者煎几块酥油饼给我做晚餐，他却只给我端来了一些不伦不类的炸生面团，也没有配蔬菜。看到我诧异而痛苦的表情，他很是抱歉，提出马上给我做个杂烩。但夜已经很深了，我谢绝了他的好意，费劲地咽了几口干巴巴的炸生面团，然后在甲板挤满了乘客、所有的灯光都打开的情况下，疲惫地睡下了。

蚊子在头顶上嗡嗡响，蟑螂到处乱窜。有个乘客睡得四仰八叉，身子躺在我脚边，我的脚底时不时地碰到他。有四五个家伙鼾声大作。受不了蚊子的骚扰，还有几个可怜的家伙睡不着，大口地抽水烟筒打发时间。最要命的是，耳边又响起了巴拉布曲调！最后，凌晨三点半时，一些好事者开始大呼小叫地唤醒彼此起床了。绝望的我只好也起身，一屁股坐在椅子上，等着黎明的到来。噩梦一般的夜晚就这样度过了。

一名船员告诉我船陷得太深，动不了，可能要花一整天的时间才能被拖出来。我问另一名船员，有没有别的船去加尔各答，会经过这里，他微笑着告诉我这是这条航线上唯一的船，要是我愿意，船到达卡塔克后还可以原路返回！幸运的是，经过一番拖拽，在十点钟左右，他们终于让船浮起来了。

西拉伊达哈　1891年10月

一艘又一艘船停靠在渡口，离乡背井一年的人们，从遥远的工作地返回家乡，准备庆祝杜尔迦节。他们提着装满礼物的箱子、篮子和捆包，我注意到有一位乘客，当船快靠岸时，换上了一条褶皱全新的平纹细布腰裤，在棉质束腰上衣的外面套上一件中国丝绸外套，小心地在脖子上系好一条折得整整齐齐的围巾，举着伞朝村子走去。

沙沙的浪潮在稻田里涌动，杧果树、椰子树高耸入云，松软的云彩飘浮在远处的天际，棕榈叶的边缘在柔风中招摇，滩涂上的芦苇正值花期……这一切组成了一幅令人愉悦的图景。

沙沙作响的波浪掠过稻田。杧果树和椰子树的树梢直插云霄，树丛身后的地平线上飘浮着蓬松的云朵。棕榈叶的边缘在微风中摇曳。沙洲上的芦苇就要开花了。这一切构成一幅令人心旷神怡的画面。

归家的游子，期盼的家人，秋日的天空，清晨的微风，树木在风中颤抖，水面泛起柔波……眼前的世界，让孤独地临窗眺望的我感到一种难以名状的喜悦与哀愁。

从路边窗口瞥见的世界带给我新的向往，或者更确切地说，是旧的渴望又焕发了新生。前天，我坐在舷窗边，看见一只小小的渔舟从身旁漂过，船夫唱着歌——声音不那么悦耳，却让我想起多年前的一个晚上，我还是个孩子的时候，全家人坐船沿着帕德玛河航行。大概凌晨两点，我醒了，升起舷窗，把脑袋探出窗外。我看见水面平静得没有一丝涟漪，在月光下闪闪发光。一个小伙子独自划着一艘小船，唱着歌，噢！他唱得如此动听——我从未听过如此美妙的旋律。

我突然渴望回到听见河上歌声的那一天。我将尝试另一种生活方式，这一次我不会让日子过得空虚乏味、充满遗憾，而是将诗句吟唱在唇边，遨游在世界的浪峰上，向人们歌唱，征服他们的心灵。我要亲眼看看这个大千世界，结识更多的人，也让更多的人了解我。我会迸发出生命和青春的激情，就像一阵奔放的风，然后回到家，过一个充实的、硕果累累的晚年。这才是诗人应该过的人生。

这样的理想不算崇高，对吧？毫无疑问，造福社会的代价要高得多，但我不是那样的人，从未想过要实现那个目标。我狠不下心，宁可过得平庸，也不愿牺牲自己的生活。我不愿绝食、思考和与人争辩，这令人们失望，伤了他们的心。我认为作为一个人，好好地活，从容地死，就已经足够了，热爱这个世界，信任这个世界，不把它看作造物主的错觉，也不把它看作魔鬼的陷阱。我不需要努力去当一个虚无缥缈的天使。

西拉伊达哈　1891年10月2日

自从来到乡下，在我眼中，人与自然融为一体，就像河流会经过许多不同的地域，人们也像一条小河，潺潺流淌，蜿蜒着穿过树林、村庄和城镇。有人来，有人去，而我永远脚步不停，是他们中的一分子。人类大大小小的支流汇集到一起，川流不息，如同河流一样，从诞生的源头奔向死亡的海洋——两端是幽暗的神秘地带，中间有各种各样的辛劳、工作和喋喋不休的喧哗。

那边农夫们正在田野里歌唱，这边渔船一只只漂过。白日缓慢流逝，阳光也炙热起来。一些人还在河里洗澡，另一些人洗完了，正把盛满水的水罐带回家中。如此，几百年的岁月哼唱着流经河的两岸，主调里满是哀婉的合唱：我将永远潺潺不息。

正午的静默中，能够听见某个年轻的牧牛人正扯开嗓门呼唤他的同伴；一只小船划破水面，踏上了归途；轻波拍打着一个村妇放在水面还未来得及舀水的空罐；还有一些模糊的声响与这些图景交融在一起——鸟儿的啼啭、蜜蜂的嗡鸣、随波荡漾的船屋幽怨的嘎吱声——这一切汇成一首温柔的摇篮曲，仿佛一位母亲想方设法地抚慰一个生病的孩子。"别着急，"她一边轻抚着孩子发烫的额头，一边哼唱，"别烦恼，别哭泣。放弃你的挣扎、抓挠和抗争。忘记一会儿吧，安睡一会儿吧。"

西拉伊达哈　1892年1月9日

好几天来，气候在冬春之间摇摆不定。清晨也许有北风吹过，陆地和水面都为之颤抖，而到了夜里，又因月光下吹来的南风而激动不已。

毫无疑问，春天的脚步近了。经过很长一段时间，从对岸树丛里再次传出帕皮亚的叫声。人们的内心也掀起波澜，夜幕降临后，村子里响起了歌声，男女老少不再急于关上门窗，把自己裹得严严实实。

今晚是月圆之夜，月亮又大又圆的脸蛋钻进敞开的窗户，窥视我的一举一动，仿佛想看看我有没有在信上写她的坏话。——她也许怀疑像我这样的凡人关注的不是美妙的月光，而是月亮表面的黑点。

一只鸟在沙滩上哀鸣。河水似乎静止不动。河上没有船。岸边寂寥的树林在水面投下直直的倒影。天空云遮雾绕，让月亮看起来像是强撑着睁开一只睡眼。

从今天开始，夜色会变得越来越暗，等我明天走出屋外的时候，这个月亮，这个我漂泊岁月最忠实的玩伴，将会离我越来越远。她觉得昨晚向我袒露心扉不是一个明智的选择，于是一点点地把自己的身体藏了起来。

在陌生而孤独的地方，人与自然会变得亲密无间。我已经担心了好几天，一想到月亮会由盈转亏，对月光的思念就与日俱增。我觉得自己被放逐到越来越远的地方，河畔安宁的美景将不复存在，我不得不穿越重重黑暗归来。

总之，我特意记下来，今晚是月圆之夜——是今春的第一个满月。在未来的几年中，我也许还会偶尔想起这个夜晚，想到岸边鸟儿的啾啾哀鸣，远处河滨闪现的微微渔火，宽阔河面的粼粼波光，以及岸边树林投下的深色倒影和头顶那一片苍白的夜空隐隐透出的冷漠凄清。

鲍尔普尔　1892年5月12日

我通常晚上一个人在屋顶露台上散步。昨天下午,我觉得自己有责任向访客们展示当地美丽的风景,所以带着阿戈尔当向导,和他们一起出去散步。

在遥远的地平线,树木的边缘染成一片湛蓝,深蓝色薄薄的云彩在树木上方升腾,景象特别迷人。我试着让自己的表述富有诗意,将此景比喻成睫毛边上涂的蓝色眼影,衬托蓝色的眼睛更令人沉醉。同行的人中,有一个没听清我的话,另一个听不懂我的意思,第三个则漫不经心地回答说:"嗯,嗯,很漂亮。"我顿时没了让诗意的思绪再次高飞的兴致。

走了大约一英里后,我们来到一处堤坝旁,沿着水边种着一排蒲葵树,树下是一泓天然的泉水。驻足欣赏美景时,我们发现在北方,之前见过的云团正朝我们逼近,体积渐渐膨胀,越来越暗,其间有电光闪烁。

我们一致认为,最好还是躲在屋子里观赏大自然的美景,但还没等我们调转方向回家,一场暴风雨就在旷野上大步前进,并伴随着一声怒吼向我们袭来。我赞叹大自然美人精致的睫毛时,压根没料到她会突然翻脸,像一个愤怒的家庭主妇扑过来,威胁着要扇我们一巴掌!

尘土飞扬,天昏地暗,几步之外就什么也看不见了。暴风雨更加猛烈了,漫天飞舞的碎石像子弹一样把我们的身体打得生疼。狂风攥住我们的脖颈,把我们推着往前走,豆大的雨点噼里啪啦落下,像鞭子抽着我们的脊背。

快跑!快跑!但是地面崎岖不平,水流在地上划出一道道深深的伤痕。这段路平时走起来就费劲,更不用说遇到暴风雨的时候了。一丛荆棘缠住了我,为了挣脱它的束缚,我差点被迎面而来的狂风刮倒。

快到家时，一大群仆人急匆匆地朝我们走来，叫喊着，打着手势，就像是另一场风暴不期而至。有人抓住我们的胳膊，有人为我们的窘境唉声叹气，有人急切地为我们引路，其他人则扶住我们的肩背，生怕暴风雨把我们卷走。我们费了好大劲才摆脱他们的殷勤，最后总算进了屋子，一个个气喘吁吁，衣服湿透了，满身都是灰尘，头发乱蓬蓬的。

我收获了一个教训：以后我写小说的时候，再也不去骗人，讲什么主人公只要心里想着爱人的模样，就能安然穿越风雨了。在暴风雨中，没人能想起那张脸的样子，再可爱也没用——光是让眼睛躲开沙子，就够他忙活的了！……

毗湿奴派诗人曾令人陶醉地歌咏过罗陀，讲她在暴风雨之夜与黑天幽会。我猜他们肯定没有考虑过，她见到黑天时会是什么模样？可以想见的是，她的秀发乱成一团，精心打理的妆容更是没了踪影。等她回到自己的凉亭，身上的尘土被雨水浸透成了一层泥浆，这该是怎样的一种奇观呀！

但是当我们读到毗湿奴派的诗歌时，完全没有想到这些。在心中的画布上，我们只看到如下的场景：那是七八月份，雨季的一个暴风雨之夜，一个美女从怒放的迦昙波花下走过，朝亚穆纳河畔走去，就像是在梦中，狂风暴雨只是一种陪衬。这是她用满满的爱意所作的画。她束紧了脚镯，免得它叮当作响；她穿上深蓝色的衣服，不让人发现行踪；但她却没有撑伞（以免自己被淋湿），也没有提着灯笼（以免在黑夜里跌倒）。

唉，有用的东西——在现实生活中多么必要，而在诗歌中却被忽视！诗歌徒劳地想把我们从它们的束缚中解放出来——但它们将永远与我们相伴，而且我们听到的说法是，随着文明的发展，诗歌将会消失，而鞋子、雨伞这样的东西倒是会不断改进，产生一项又一项专利。

西拉伊达哈　1892年6月1日

我讨厌这些客套。如今我一直挂在嘴边的一句话是："我宁愿做一个阿拉伯的贝多因人！"当个快乐、健康、强壮、自由的野蛮人。

我觉得自己需要摆脱身心不断衰老的状态，摆脱对古老陈腐之物无休止的争论和精细的雕琢。我想去感受自由而充满活力的快乐生活，拥有宽广的、坚定的、不受束缚的想法和志向——无论这些想法和志向是好是坏，并最终把自己从习俗与理智、理智与欲望、欲望与行动之间永恒的矛盾冲突中解放出来。

要是我能从这充满了桎梏的生活里解放出来，获得彻底的、无限的自由该有多好，我将横行四方，到处去兴风作浪；我要像一匹脱缰的野马疯狂地疾驰，为我的速度欣喜万分！可惜我是一个孟加拉人，不是贝多因人！我继续坐在我的角落，消沉着，焦虑着，争论着。我的思想翻来覆去地变化着——像一条油锅里的鱼，任凭沸腾的油一会儿煎着这一面，一会儿又煎着那一面。

还是别想了。既然无法彻底放纵自己，我还是当个彻底的文明人吧。野蛮也好，文明也罢，为啥要挑起两者之间的争端呢？

西拉伊达哈　1892年6月2日

昨天，印度历阿萨尔月的第一天，雨季在盛大的排场中举行了登基仪式。那天一整天都很炎热，但到了下午，厚厚的雨云卷成了巨大的团块。

我心里想，今天是雨季的第一天，我情愿被雨淋湿，也不愿被关在我那个地牢般的小屋里。

在我的生命中，如果1293年①不会再来，这么算起来，还有多少个阿萨尔月的第一天会再来呢？写出《云使》②的诗人认为阿萨尔月的第一天预示着全新的开始——所以对我而言，假如能活到三十个这样的日子，我的寿命算是够长的了。

有时我突然觉得自己是多么幸运，我生命中的每一天都有它应该的颜色，或因日升日落而殷红，或因乌云密布而浓黑，或像一朵在月下绽放的花朵，素洁皎白。这真是一笔巨大的财富！

一千年以前，迦梨陀娑迎来了阿萨尔月的第一天；而在我的生命中，每年阿萨尔月的第一天也是个隆重的日子——这位优禅尼国老诗人吟诵过的那一天，也是令无数男女饱受相聚之乐、分离之苦的一天。

每年都会有这样一个伟大而神圣的日子从我的生命中消失。总有一天，迦梨陀娑推崇的这一天，《云使》描述的这一天，永恒的印度雨季的第一天，将不再为我而来。意识到了这一点，我便觉得自己应该好好看一眼大自然，有意识地迎接每天的日出，送别每天的夕阳，就像对一位知心的朋友一样。

多么盛大的节日，多么广阔的庆典会场呀！但我们无法全身心地响应它的召唤，因为彼此相隔遥远！星光旅行了数百万英里到达地球，却无法抵达我们的内心——而我们距离这个庆典，比数百万英里还要远！

我闯入了一个世界，这里住着许多奇怪的生物。他们总是忙着在自

---

① 指孟加拉纪年，相当于1886年。
② 诗人迦梨陀娑《云使》一诗描述了印度雨季开始的情景，第一句是："阿萨尔月的头一天。"

己周围筑起围墙和规矩。他们小心地挂起窗帘,生怕被人看见!我很惊讶,他们为啥不给那些开了花的植物也盖一条素色的被子,或者搭起天棚来挡住月亮的光芒!假如今生的愿望能决定来世,我选择逃离我们这颗遮遮掩掩的星球,重生于某个自由而开放的快乐王国。

只有那些不能完全沉醉在美中的人,才会轻视美,认为它仅仅是感官刺激。而那些尝过它难以言喻的滋味的人,清楚它远远超出了耳目所能达到的最高境界——不对,甚至连心灵也无力达到其渴望的终点。

附言——我一开始讲的事儿还没讲完呢。别怕,我不会再多写四页信纸。我想说的是,在阿萨尔月第一天的傍晚,下了场大雨,雨点如长矛一般倾盆而至。我的话说完了。

去格伦达的路上　1892年6月21日

各种各样的画面从两侧滑入眼帘,有沙岸、田野、庄稼、村庄——还有天空中飘浮的云彩,在昼夜交替时绽放出花朵般的颜色。小船偷偷经过,渔夫们捕鱼正忙。流水淙淙,悠扬的声音吟唱了一整天,随后,广阔的水面在寂静的黄昏中平静下来,像一个孩子入睡了,无边的苍穹中所有的星星都守护在他的头顶。又是个失眠之夜,我坐起身,两旁是沉睡的河岸,只有附近村边树林里偶尔传来的一声豺狗嚎叫,或是被帕德玛河的激流击碎的岩石,从陡峭的河岸滚入水中的声音,才打破了夜的沉寂。

并非所有的景象都引人入胜——有时一片淡黄色的沙岸绵延开去,没有草,也没有树;一艘空船系在岸边;微蓝的河水缓缓流过,和朦胧的天空是一个颜色;这些景象是如何打动我的呢?我也说不清,我猜是儿时在仆人的陪伴下度过的那些日子,那些旧日的心愿与渴望——我独自一人躲在囚室般的房间里,读着《一千零一夜》,和水手辛巴达一起去许多陌生的国度冒险——儿时的梦想没有死去,一看到系在沙岸边的空船,就被唤醒了。

如果我童年时没有听过童话故事,没有读过《一千零一夜》和《鲁滨孙漂流记》,我敢肯定,无论是远处的河岸,还是广袤的田野,都不会令我如此心动——在我的眼中,整个世界将会是另一副模样。

多么复杂的想象与现实呀!在人的心底纠缠成了一个谜团。大事、小事和画面形成的线索——不论粗细——是如何交织在一起的呀!

波利亚　1892 年 11 月 18 日

不知道你们乘坐的火车如今开到了哪里。此时此刻,我经过了纳瓦迪车站,太阳正从没有长出一棵树的高低起伏的岩石地带升起。周围的景色一定被初升的太阳照得熠熠生辉,远处的青山也开始隐约可见了。

除了原始部落的人用水牛犁出的一小块地,几乎看不到别的耕地。铁道路堑的两侧堆着黑色的石头——是大块的卵石,表面还有干涸的溪水留下的足迹——鼓噪的黑鹳鸽在电报线上站成一排。野性的、伤痕累累的大自然躺卧在阳光下,被一只柔软、明亮、天使般的手掌轻轻抚摩,变得温顺多了。

你知道这让我想起什么样的画面吗?在迦梨陀娑的《沙恭达罗》里有这样一幕场景:国王豆扇陀的幼子婆罗多正和一头小狮子玩耍,孩子用他那娇嫩的、粉嘟嘟的手指爱怜地抚摸那头野兽粗糙的鬃毛,狮子则安静地躺着,轻松地伸展四肢,不时从眼角对它的人类小朋友投以深情的一瞥。

还需要我告诉你那些布满巨石的干涸河道让我想起了什么吗？我们读过一个叫《林中宝贝》的英国童话，有一对小兄妹被继母赶进陌生的森林后，一路抛下鹅卵石，沿途留下他们徘徊的足迹。这些小溪就像是茫茫世界中迷路的孩子，它们漫无目的地前行，因此他们一边走、一边留下石头来标记路线，等它们返回的时候，才不会迷失方向。可是对它们来说，永远没有归途！

巴利亚　1893年2月，星期二

我不想再四处漂泊。我渴望找一个角落，可以远离人群，让我舒舒服服躺下来。

在我眼中，印度既像是一位母亲，又像是一个流浪的苦行僧。前者不让我离家一步，后者让我感受不到家的温暖。这两者矛盾地体现在我身上。我想远行，看看大千世界，但我也渴望有一个小小的庇护所，就像鸟儿能栖息在安身的巢穴，也能飞翔在浩瀚的天空。

我渴望这样一个角落，因为它能给我的心灵带来平静。我的心灵确实想忙碌起来，但在奔忙的过程中，不断与现实发生碰撞，变得狂躁起来，不断地冲击我内心的牢笼。如果能给心灵一点悠闲的独处时间，让它看看四周，沉思冥想，它一定会感到心满意足。

这种独处的自由便是我心之所向。心灵希望与想象为伴，就如同造物主注视着自己创造出的天地万物。

卡塔克　1893年2月10日

他是个身材魁梧的英国佬，一看就是个暴脾气——长着一个巨大的鹰钩鼻子、一对狡猾的眼睛和长达一码的下巴。政府正在考虑剥夺我们接受陪审团判案的权力。这个家伙紧拽着这个话题，坚持要和招待我们的主人——可怜的B先生争辩到底。他说这个国家的人民道德水平低下，对生命的神圣没有怀着真正的信仰，所以不配当陪审员。

眼见这些人接受着一个孟加拉人的盛情款待，却坐在餐桌旁大放厥词，而且丝毫没有感到一丝良心的不安，我算是深切感受到了他们对我们民族的彻底蔑视。

吃过晚饭，我坐在客厅的一个角落，周围的一切都变得模糊不清。我仿佛坐在受辱的伟大祖国的身边，她躺在我面前的尘土中，闷闷不乐，失去了往日的风采。我的心头有一种说不出的悲痛。

那边有几位女士，穿着晚礼服，用英语互相交谈，不时传来阵阵欢笑声，与环境显得多么不协调呀！对我们来说，古老的印度是如此丰饶而真实，英国人在宴会上的虚情假意是多么廉价和做作啊！

卡塔克　1893年3月

如果我们太把英国人的喝彩当回事，将会丢掉自己的优良传统，转而接受他们文化中的糟粕。

没穿袜子，我们会不好意思出门，见到他们的舞会礼服，也不再感到尴尬。我们不会因为抛弃古老的礼仪而感到内疚，也不会因为效仿他们粗鲁的举止而感到自责。

我们不再穿自己的传统服饰，因为它们还有待完善，但我们想也没想，就把脑袋塞进了他们的礼帽里，尽管没有哪种头饰比这更丑的了。

总之，有意也好，无意也罢，我们不得不看别人的眼色行事，哪怕降低自己的生活品位。

所以我经常劝自己：

"嘿，你这口砂锅！看在老天的分上，离那口铁锅远点吧！要是他怒气冲冲地撞过来，或者只是傲慢地在你背上拍一下，你就完蛋了，你会被敲出一道裂缝。你还是听听伊索寓言里的忠告吧——保持距离为妙。

"就让铁锅去点缀富人家的门面吧，你在穷人家的作用更大。要是你把自己弄破了，两家人都没有了你的一席之地，只有从哪儿来，回哪儿去了，或者充其量当个小摆件，放在博古架上——当一件古董。但就算是出身最卑贱的村姑用你去打水，也比这光荣得多啊。"

西拉伊达哈　1893年5月8日

诗歌是我很久以前的爱好——我还在罗梯那样的年纪，就与她私定了终身。很久以前，家里蓄水池旁老榕树下的绿荫，内宅的花园，底楼的未知区域，整个室外，女仆口中哼唱的童谣、讲述的故事，在我心中创造出一个美妙的仙境。很难对那个时期朦胧而神秘的情怀做出一个清晰的表述，但有一点是肯定的，少年的我与诗歌女神已经交换了订婚的花环。

然而我必须承认，我的未婚妻并不是一个旺夫的少女——她给我带来的所有东西，都与好运不沾边。倒不是说她从来没有给过我幸福，但和她在一起的日子，我总是没法心平气和。她所钟爱的情人也许能收获幸福，但她冷酷的拥抱最终榨干了他的心血。她所选择的丈夫注定成不了稳重、冷静的一家之主，积累丰厚的家业。

有意或无意间，我曾做过一些违心的事，但在诗歌里，我从未写过半句谎言——诗歌的神殿是我生命中深邃真理的庇护所。

西拉伊达哈　1893年5月11日

住在这儿还有另一件乐事。有时，淳朴、忠诚的佃农会来拜访我——他们对我的崇敬之情完全发自内心！相比他们的单纯和真诚，我远远没有他们伟大。如果我不配受他们尊敬呢——即便如此，他们的感情也不会失去价值。

我用对小孩子的爱意来接待这些童心未泯的成年人，不过两者仍有区别。相比孩子，他们更单纯，因为孩子会长大成人，但这些成年人却能永葆童真。

温顺而质朴的灵魂从他们疲惫的、布满皱纹的苍老身体里闪耀出来。小孩子固然天真无邪，却缺少坚定的、毫不动摇的奉献精神。如果有一道潜流，能让人与人的灵魂彼此沟通，那我一定要将最真诚的祝福送给他们。

西拉伊达哈　1893年7月4日

今天早上出现了一丝阳光。昨天雨停了一会儿，但是天边乌云密布，看来期待雨过天晴只是一种奢望。一层厚厚的云被卷到一旁，但随时可能来一阵风，将它继续铺开，把蔚蓝的天空和金色的阳光紧紧裹起来。

今年的天上囤积了多少水呀！河水已经涨高，淹没了低矮的沙地，转眼就要威胁到挺拔的农作物。可怜的农夫们绝望地割下一捆捆半熟的水稻，用船运走。他们经过我的船时，我听到他们悲叹命运的不公。水稻还没有成熟，却不得不提前收割，农夫的悲痛心情可想而知。他们唯一的希望是这些稻穗中，有一些已经结出了稻谷。

上天肯定给世间分配了一些慈悲之心，不然的话，我们怎能从中分得一份呢？但很难看出它体现在何处，从成千上万无辜生灵的哀歌中似乎也无迹可寻。大雨没有停下来的意思，河水仍在上涨，再多的祈祷和请愿，似乎都起不到缓解雨势的作用。人们只好说这一切非人力之所及，以此来寻求安慰。但是人们需要了解的是，这世上既有公正，也有遗憾。

当然，这只是气话。理性告诉我们，造物主的作品不可能完美，只要不完美，就必须忍受种种瑕疵和遗憾。除非不是造物，而是上帝本身，才称得上完美。我们的祈祷又如何能够达到这一境界呢？

我们越是思考这个问题，就越容易回到起点——为何要创造天地万物？如果我们无法下定决心否定事物本身，一切抱怨都是悲伤而徒劳的。

帕提萨　1894年2月19日

两头大象来到河边吃草，这引起了我极大的兴趣。它们拿一只脚在地上敲了几下，然后用鼻子末端卷住草秆，揪下一大块连着根须、泥巴的草皮。它们不停甩动鼻子，把草根上的泥土都甩掉，才放进嘴里，吃得一点不剩。

有时它们会突发奇想，把尘土吸进鼻子里，然后"哼"一声，喷得自己满身是灰——这是大象独特的打扮方式。

我喜爱观察这种庞大的动物，它们有壮硕的身躯、惊人的力量、笨拙的体形和温驯的脾气。它们的庞大和笨拙让我有一种温柔的感觉——

它们笨重的块头有点带着孩子气，但它们也有宽阔的胸怀，愤怒时狂野凶暴，平静时温柔可人。

这两个粗野的大块头，不但不招人厌，反而很有吸引力。

帕提萨　1894年3月28日

天气越来越暖和了，但我并不介意太阳的温度。热风呼呼地吹来，时不时地停下来打个旋子，卷起用灰尘、沙子、枯叶和小树枝交织而成的裙子，又舞动着离去。

然而，今天早晨却很冷，几乎像一个隆冬的早晨。说实话，我对洗澡并没有过分的热衷。很难理解在这个叫作"自然"的庞然大物身上到底发生了什么。不知道哪个角落出现了什么隐秘的事情，突然之间所有事情看上去就完全不一样了。

人脑的运转，就像自然一样神秘。昨天我突然想到这一点。神奇的魔力施展在人体内的动脉、静脉、神经系统、大脑和骨髓里。血流在奔涌，神经在颤动，心肌在起伏，人体内四季轮回。接下来会是什么风在吹、什么时候吹、从哪里吹来——我们对这些一无所知。

等到了某一天，我确信自己会过得很好。我感觉自己会足够坚强，跨越所有的悲伤障碍和世界对我的磨炼。而且我好像已经印好了余生的日程表，妥妥地放在口袋里，心情轻松自在。然后在另一天，不知从哪一层地狱刮来一阵狂风，天色令人恐惧，我开始怀疑自己能否经受得住这场暴风雨。只是因为某根血管或者神经纤维出了问题，我所有的力量和智慧似乎都失去了用武之地。

我被体内的秘密吓到了。我变得缺乏自信，不敢说出自己想做或者不想做的事情。为什么它会来到我心里，这个我无法理解也无法驾驭的大秘密？我不知道它会引导我去哪里，或者我引导它去哪里。我不知道正在发生什么事情，也没人来问我将要发生什么事情，但我必须装作有把握的样子，假装是个行家……

我觉得自己像是一台古旧的钢琴，里面装有非常复杂的机械装置和钢丝，但我不知道演奏者是谁，对于其演奏的目的，也只能猜测。我听得出他弹的是什么曲子，调子是欢乐的还是悲伤的，旋律高亢还是低回，节奏是否准确，音量高还是低。但即便是这些，我敢说自己真的清楚吗？

帕提萨　1894年3月30日

有时，当我感到人生的旅程很漫长，一路上不可避免会遭遇到诸多不幸，我必须付出最大的努力，才能保持一颗无畏之心。有些晚上，我独自坐着，凝视着桌上的灯火，发誓自己会像一个勇者那样生活——沉默、隐忍、不怨天尤人。这样的决心使我变得斗志昂扬，一时间，我误以为自己确实是个非常非常勇敢的人。但是，当路上有荆棘缠住我的双脚，令我寸步难行，我就对未来产生忧虑。人生之路似乎变得更加漫长，而我却势单力薄。

但这最后的结论不一定是正确的，因为最难以忍受的也无非是这些细小的荆棘而已。勤俭是持家之本，该花的钱才花。绝不在小处浪费精力，而要养精蓄锐应付真正的大灾难。不必为一些微不足道的事情落泪，因为这样做并不能换取同情。相反，当悲从中来，也无须压抑自己。这时，干涸的泉眼被刺穿一个口子，慰藉如泉水般涌出，所有的耐心与勇气都被集合起来，履行它们的职责。因此，巨大的苦难总是伴随着巨大的坚忍。

人的本性有一面渴望享乐，另一面却又向往自我牺牲。当前者遇到挫折时，后者便积聚起力量，在此基础上，一种伟大的热情充满了灵魂。所以，虽然我们在小困难面前是懦夫，但巨大的悲痛却能激发我们真正的勇气，让我们变得无坚不摧。正所谓悲欣交集。

快乐存在于悲伤之中，这并非无意义的悖论，正如另一方面，快乐之余，总会有些不满足。这样的道理，理解起来并不难。

西拉伊达哈　1894年6月24日

我到这儿才四天，但因为失去了时间概念，似乎过了很久。我觉得要是今天回到加尔各答，会发现那里已经换了一副模样——仿佛我一直独自站在时间长河之外，没有意识到世界在逐渐发生改变。

事实是在这个远离加尔各答的地方，我生活在自己的内心世界里。这儿的时钟指示的不是正常的时刻，时间的长与短，都由感官来衡量；在这儿，因为不计分秒，瞬间漫长如小时，小时短暂如瞬间。所以在我看来，时间和空间的细分只不过是精神上的幻觉。每个原子都不可计量，每个刹那即是永恒。

小时候，我被一个波斯故事深深吸引过——虽然我只是个孩子，却自认为能理解其中的深意。为了展示时间的虚幻，一位托钵僧往浴缸里倒了些魔水，请国王进去泡个澡。国王刚把头埋进水里，就发现自己来到了海边一个陌生的国度，他在那里度过了很长一段时间，经历了各种各样的事情。他娶妻生子，后来妻儿不幸离世，他也失去了所有的财产。

当他在痛苦中挣扎时，突然发现自己又回到了原来的房间，周围站着他的朝臣。他开始为自己的不幸责骂起僧人来，大臣们却说："陛下，您只是把头埋进水里，又抬起来而已呀！"

我们的整个人生，连同快乐和痛苦，都以同样的方式封闭在一瞬间。无论我们觉得有多么漫长，多么精彩，一旦我们从世界的浴缸里探出头来，就会发现经历过的一切，只是一个缥缈而短暂的梦……

西拉伊达哈　1894年8月9日

今天我看见河里顺流漂来一只死鸟。它的死因不难猜。它在村边的杧果树上筑了一个巢。傍晚时分，它飞回了家，依偎在羽毛柔软的同伴身旁，疲惫的小身子慢慢进入了梦乡。谁知到了半夜，强壮的帕德玛河突然在床上轻轻翻了个身，杧果树根部的泥土就被掀走了。小家伙惊醒过来，发现家已经没了踪影，随后便永远地睡着了。

在大自然毁灭一切的可怕力量面前，我和其他生物之间的差别就显得微不足道了。在城市里，人们总是偏爱显眼的、招摇的东西，只关注自身，对其他生命的悲喜则表现得冷漠无情。

在欧洲，人类同样是自然的主宰，动物在人眼中也仅仅是一种动物而已。但对印度人来说，动物可以托生为人，人也能转世为动物，这似乎并不奇怪，所以在我们的经文里，对这些有感情的生物的怜悯，并没有因情感泛滥而遭到废止。

当我在乡间与大自然亲密接触时，我体内那股印度人特有的情感就会显现出来，面对一只小鸟柔软的羽毛下那颗在胸中欢跳的心脏，我无法做到无动于衷。

西拉伊达哈　1894 年 8 月 10 日

昨晚，一阵河水的冲击声把我吵醒了，那是河流突如其来的骚动，也许是河水猛涨的缘故，这在雨季是常有的事。你只要双脚站在船上，就能感觉到脚下各种水流的冲击力。有微微的振动，有小小的摇晃，有轻轻的起伏，有突然的颠簸，这一切把我与河流的脉搏连了起来。

肯定有什么刺激，让河水奔涌起来。我起身坐在窗边，一片朦胧的夜色让汹涌的河水看上去比任何时候都更加凶猛。云朵点缀着天空，一颗硕大的星星倒映在河面上，来回晃动，形成一条条闪动的光带，像是一道极深的、燃烧着的伤口。河的两岸睡意沉沉，河水却不眠不休，不顾一切地奔流。

在半夜时看到这样的景象，让我觉得自己变成了另外一个人，白天的生活只是一个幻觉。然后，到了今天早晨，那个夜里的世界退隐到梦境，消失在空气里。昼与夜是如此的不同，但对于我们来说，两者却一样真切。

白天的世界像欧洲的音乐，和谐与不和谐在交响乐的推进过程中彼此融合在一起，而黑夜的世界则像印度的音乐，是一支圣洁、自由的旋律，缓慢而庄重，令人动容。不管两种音乐的反差有多么强烈，都让我们感动。这种对立存在于创造之初，以黑夜与白昼、一与多、永恒与进化的规律交替出现。

我们印度人服从黑夜的规律，我们沉浸在永恒、本源之中。我们的旋律是独自吟唱的，只唱给自己听，把我们带离尘世，进入寂静的超然状态。而欧洲音乐是面向大众的，带着人们一路歌舞，穿过悲喜交加的起起落落。

西拉伊达哈 1894 年 8 月 19 日

吠陀哲学似乎帮助很多人消除了他们对宇宙及其由来的疑惑，但我的疑问并没有得到解答。吠陀哲学确实比大多数理论更简单。关于造物和造物主的问题，乍一看很简单，越探讨越复杂，但是通过斩断"戈尔迪亚斯绳结"，忽略造物本身，吠陀哲学确实把这个问题简化了一半。

梵天只有一个，我们只能想象自己是梵天。人类的脑子里怎么有地方装这样的思想，真是很奇妙！更奇妙的是我们觉得这个想法并不像听起来那样不合逻辑，相反，真正的困难是证明世上真有事物存在。

就好比现在，月亮出来了，我眯着眼睛，在甲板上伸展开四肢，躺在月光下，温柔的风让我那被各种问题折磨的脑袋冷静下来。大地，河流，天穹，河面的涟漪，纤路上行走的人，旁边偶尔掠过的小船，横跨田地的树林，月光下的树影，远处静悄悄的村庄——这一切的确像是幻境，但它们却又真实地缠绕和吸引着我的心智，比真实本身还真实，真实本身反而变得抽象而空虚了，于是让人不免疑惑，从这些幻境中解脱出来时，能得到怎样的超度。

波尔普 1894 年 10 月 31 日

今天开始刮起第一场北风，冷飕飕的，仿佛税吏来扫荡了一趟醋栗果园，一切都失去了常态，叹息着、颤抖着、畏缩着。正午的阳光显得疲惫而冷漠，鸽子在杧果树的浓荫里咕咕地叫，叫声单调乏味。

似乎离别即将到来，白天这段昏昏欲睡的时光，被染上了一层痛苦的色彩。

书桌上的时钟嘀嗒嘀嗒，松鼠跳进跳出我的房间，这些微小的响动和谐地融进了正午的其他声音。

看着这些柔软、灰黑条纹、毛茸茸的松鼠，以及它们蓬松的尾巴、像念珠一样骨碌碌转动的眼睛，动作温柔而老练地忙碌着，我被逗乐了。所有能吃的东西都被放在屋角的纱橱里，以防这些贪婪的小家伙。于是它们带着按捺不住的渴望，鼻子在橱柜四周嗅来嗅去，想找到一个窟窿钻进去。如果有饭粒或面包渣掉出来，它们肯定能发现，并且用前爪捧着，卖力地细细啃着，一边啃一边把食物转个方向，调到顺嘴的位置。我稍微一动，它们就竖起尾巴跑开，但跑到半道上又停下来，坐到门口的席子上去，用后爪挠挠耳朵，然后再跑回来。

如此一来，房间里整天都有细小的声音在响——磨牙的声音、蹦蹦跳跳的声音、架子上瓷器的叮当声。

西拉伊达哈　1895 年 2 月 16 日

我们必须在人生道路上踏踏实实走过每一分、每一秒，但当我们回首这段旅程，却又何其短暂，花两个小时思考一下，就能回忆起所有的点点滴滴。

三十年的艰辛，雪莱的生平传记也只够写出两卷，而且道登的絮语还占据了书中相当一部分篇幅。我三十年的人生，恐怕一本书就绰绰有余。

为了如此短暂的一生，我们要做多少琐碎的事情呀！想想看，单单是为了满足粮食供应，就得要多少土地，多少商贸往来。尽管一把小椅子就足以容得下一个人，但在整个世界里，每个人占据了多大的空间呀！然而，等一切都尘埃落定，剩下来的不过是两小时的思考和几页生平小传！

这慵懒的一天，将占据那几页纸上多么微不足道的篇幅呀！但是，在河畔荒凉的沙洲上度过的安宁一日，难道不会在我永恒的过去和未来的卷轴上，留下一个清晰的、小小的金色印记吗？

西拉伊达哈　1895年2月23日

给《实践》杂志写稿时，我变得越来越心不在焉。

我抬起眼睛看着过往的每一条船，注视着渡船来来回回。在靠近我的船的岸边，一群水牛把大鼻孔埋在草丛里，用舌头卷起草，送到嘴里，然后边嚼边咽下去。它们心满意足，呼哧呼哧地喷着气，用尾巴驱赶趴在背上的苍蝇。

突然一个瘦弱的小孩出现了，他光着身子，拿一根短棍子戳着一头一直吃个不停的水牛，嘴里叽里咕噜。被戳后，那头水牛用眼角瞥了一眼小孩，然后边走边用嘴扯下路边的草叶。它气定神闲地迈了几步，小孩似乎觉得自己作为牧童的职责已经完成了。

我猜不透这个牧童的心思。我想不出奶牛或者水牛选好了地点，舒舒服服吃草的时候，有什么必要去打扰它们，就像这个牧童，非要不停地赶牛，直到牛换到另一个地方吃草。我猜是人类想炫耀自己的掌控意识，追求驯服了强大生物的一种胜利的自豪感。他赶他的，我倒是很喜欢看这些待在丰茂草丛中的水牛。

但这不是我开头想说的。我刚才想告诉你，现在一点点小事情就可以让我分心，难以履行对《实践》杂志供稿的职责。在上一封信里，我跟你提到了蜜蜂，它们在我头上嗡嗡地盘旋，不知道它们想找什么，但看样子添一笔，补一画什么也没找到。

它们每天上午九十点钟飞来，冲着饭桌奔去，然后又钻到我的书桌底下，啪的一声撞到彩色的玻璃窗上，在我头上绕一两圈，然后嗖嗖地飞走。

本来我可以把它们当成死去的人的灵魂，那些人还没得到满足就离开了这个世界，所以化身成蜜蜂，一次次不停地回来问候我。但我并没有往这些方面想，我确信它们是真的蜜蜂，在梵文里又叫吸蜜蜂，偶尔也叫双长鼻蜂。

前往帕博纳的路上　　1895 年 7 月 9 日

我乘坐的船航行在蜿蜒曲折的依茶马提河上，这是一条雨季时才会形成的小河。河两岸一排排的村舍、一块块黄麻地和甘蔗地、水中的丛丛芦苇、绿草如茵的浴坡，让小河看上去就像是诗中的几行诗句，时常被人吟哦，受人喜爱。我不敢保证能记得住像帕德玛那样的大河，但是这条婀娜的依茶马提河，这跟随着雨的节奏流动的小河，正渐渐流入我的心田……

傍晚了，云来了，天渐渐暗下来了。雷声阵阵轰鸣，狂风阵阵刮来，野生的木麻黄树林犹如波涛在翻涌。竹林深处漆黑一团，有如墨水。暗淡的暮色在河上泛着微光，好像在预示着奇异的事情。

昏暗中，我伏在书桌上写这封信。我想低声哼唱，我想窃窃私语，来应和这半明半暗的黄昏。但这只是愿望而已，就像阻止所有努力的那些愿望一样。这样的愿望要么能实现，要么根本不能实现。这就是为什么为一场残酷的战斗做准备是一件简单的事情，而为一次轻轻松松、无关紧要的谈话做准备反而不简单。

西拉伊达哈　1895年8月14日

关于工作，有一点很重要，那就是为了工作，一个人必须放下自己的喜怒哀乐，甚至视而不见。这让我想起了在萨查德普尔发生的一件小事。一天早上，仆人来晚了，对他的迟到，我很是冒火。但他走过来站在我面前，像往常一样请了安，声音有点哽咽地说，他八岁的女儿昨晚死了，接着，他便拿起掸子开始收拾我的房间。

我们看到劳作的人们，有走街串户的商人、犁地耕田的农民、负担沉重的挑夫，然而在辛劳之下，死亡、悲痛和损伤每天都像一条看不见的潜流在流淌——这些都是不为外人所知的伤心事。要是有一天，这条暗流失去了控制，喷涌出了地面，所有的工作就会瘫痪下来。在个人的悲伤之上，有一道坚硬的石轨，准点运行的火车载着人们隆隆地驶过，除了指定的车站，从不在别处停靠。残酷的工作，也许是人生最大的慰藉。

库什提　1895年10月5日

只拘泥于经文本身，永远无法成为一个真正的教徒。我们信教，仅仅是习惯使然。从内心获得某种信仰，才是人一生最伟大的冒险，必须在极端的苦难中诞生，必须靠他的生命之血存活，然后不管是否会给他带来幸福，他的旅程都将以圆满的快乐结束。

我们很少注意到别人口中的话是多么虚伪，或者我们自己也在不断地重复这些话，而内心的真理殿堂却在一砖一瓦、日复一日地建造起来。在飞逝的时光中，当我们审视自己的喜怒哀乐时，我们无法理解这座永恒建筑的神秘之处；就像一个句子如果只挑出一个单词来念，就会变得难以理解。

一旦领悟了造物主是如何创造出了性格各异、本质相同的我们，就能意识到我们与不断演变的宇宙之间的关系。于是我们明白了，自己也处于被创造的过程中，就像那些发光的天球一样，在各自的轨道上旋转——我们的欲望，我们的苦痛，都在整个宇宙中找到了合适的位置。

我们无法洞悉世间万物，我们甚至连一粒尘土都不能完全认识。但是当我们感觉到体内的生命之流与外界的宇宙生命合二为一时，所有的快乐与痛苦就会系在一条长线上。我存在、我运动、我成长。如果将这一切放大了看，我便与宇宙密切相关，甚至连最小的原子，也离不开我。

我的灵魂与这美丽的秋日清晨，这浩瀚的光辉，有一种亲密的缘分；而所有的色彩、气味、音乐，不过是我们心灵相通的外在表现。这种不断的交融，无论是否意识到，都使我的心灵悸动；在我的内心与外界的沟通中，我获得了一种宗教体验，不论多少，只要能领悟一点就行。这么看来，我必须先对经文进行一番考量，才能将其内化于心。

西拉伊达哈　1895 年 12 月 12 日

有天晚上，我正读一本英文的评论集，书中满是关于诗歌、艺术和美的争论。当我艰难地读完这些矫揉造作的批评文章，疲倦的感官似乎漫游到了一个空洞的幻境，里面住着一个嘲弄我的魔鬼。

夜深了，我砰的一声合上书，将它扔到桌上，然后吹灭了灯，打算上床睡觉。此刻，月光就带着惊讶的表情，从打开的窗户冲了进来。

刚才，那盏小灯一直像魔鬼梅菲斯特一样，冷冷地讥笑着我，而他的笑声，遮蔽了从普天下深沉的爱中发出的极乐之光。说真的，我能从这本空洞乏味的书中寻找到什么呢？我要找的不就在那儿吗？在夜空中，在外面静静地等着我，等了整整几个小时！

要是我合上百叶窗，倒头就睡，因而错过了窗外的美景，它仍然会留在那儿，丝毫不会对屋里发出嘲笑之光的小灯提出任何异议。即使我一辈子都对它视而不见，让那盏灯笑到最后，直到我又一次摸黑入睡——即便如此，月亮也会守在原地，脸上露出甜蜜的微笑，不受干扰，也不惹人注目，像往常一样等待我的造访。

雨季和秋季

根据印度历法，每年都由一颗特定的行星所统治。我还发现，在人生的各个阶段，分别会有一个特定的季节具有特别的重要性。回首童年时光，我对雨天的印象最深。狂风暴雨淹没了游廊的地板，房门紧闭。负责在厨房打下手的老女佣佩丽从集市买了蔬菜，拎着篮子、蹚着泥泞，被雨水淋成了落汤鸡。我无缘无故地在游廊上狂奔，欣喜若狂。

我还经常记得上学时的情景。我们班的教室在一道柱廊旁，与外界用一层席子隔开。到了下午，乌云层层叠叠，遮满了天空。随后，我们眼看着大雨密密地浇下来，夹杂着又长又响的雷声，仿佛有个疯女人用带着闪电的手指将天空从头到尾撕开。疾风劲吹，把席子搭的墙吹得东倒西歪，似乎马上就要倒塌。天色昏暗，我们无法辨认书本上的字迹，这时，老师便停止授课，听任风暴对着我们咆哮，我们则悠闲地坐在凳子上，摇晃着双腿。我的思绪飞到了遥远的荒野，那里有童话中王子的身影。

我还记得，斯拉万月的深夜，淅淅沥沥的雨声，从我睡眠的缝隙中传来，营造出一种比最深的睡眠还要深沉的愉快的宁静。在醒着的间歇，我祈祷能在清晨还看到雨继续下着，我们的小巷被水淹了，水池的沐浴平台也被雨水淹没到了最后一级台阶。

向我刚刚提到的那个时间望去，秋天已经登上自己的王位。它的生命在阿斯温月金灿灿的阳光中，从挂满露珠的绿草上显露出来。我在游廊上踱着步子，写了一首歌：

在这晨光中，我不知道自己的心在渴望什么。

秋日渐长，家里的时钟敲了十二下，正午时分，该做别的事儿了，但我的脑子里仍然萦绕着音乐，一点也不挂念日常的琐事。我唱着：

我的心啊，在没精打采的时光里，你和自己在做什么无聊的游戏呢？

到了下午，我躺在自己小房间里铺在地板上的白布上，拿着一本图画簿，打算涂上几笔。我并不是想苦苦追求美术的缪斯女神，而只是想消遣一下。重要的部分留在脑海里，没有画在纸上。与此同时，宁静的午后阳光透过这间加尔各答小屋的墙壁，像金色的美酒，灌满了酒杯。

不知什么原因，我在那段时间度过的所有日子，仿佛都是透过这秋日的天空、秋日的阳光才看到的——秋天是庄稼成熟的季节，也是我诗歌成熟的季节；秋天让我悠闲的谷仓充满了光彩，使我无忧无虑的心灵充满莫名的喜悦。在秋天，我文思如泉涌。

我在少年时的雨季和青年时的秋季之间发现了一个巨大的差别：雨季到来时，大自然紧紧地包围着我，用众多的剧团、独特的打扮和动听的音乐带给我欢乐。而沐浴在秋光下的欢乐是人的欢乐，云和阳光的游戏被留在了背景中，而喜悦和悲伤的低语占据了心灵。是我们的凝视，给秋日碧空染上了渴望的色彩；是人的渴望，给秋风的呼吸染上了辛酸的味道。

我的诗如今已来到人类的门前，这里不允许随意往来，门挨着门，房间套着房间。多少次，我们只看见窗户里的灯光就不得不折返，只剩宫门内的风笛声萦绕耳际。将心比心，两情相悦，通过许多曲折的障碍，才能实现给予和接受。生命的激流冲击着这些障碍，在欢笑和泪水中飞溅起泡沫，在无法确定流向的漩涡中翩翩起舞。

刚与柔

如果说特殊的家庭环境让我与世界分割开，成为我融入人间生活海洋的障碍，令我感到苦恼，这是不符合实际的；当然，说我与同胞们产生了强烈的心灵感应，体会到社会激流的强大活力，这似乎也没有得到充分证明。人们的生活中既有堤岸，也有石埠，黑幽幽的水面上倒映着古老森林的阴影，而翠绿茂密的树丛中，隐藏起来的夜莺正用古老的曲调婉转低吟。然而这是一处筑了围堤的池塘，流水的源头在哪里？哪里有汹涌的波涛？澎湃的海潮何时呼啸着冲到这里？

人类自由生活的激流在什么地方冲塌岩石，带着胜利的欢呼，风驰电掣地奔向大海？震耳欲聋的咆哮声难道从巷子对面的居民区，传进了我的耳朵？没有！什么都没有！我那颗孤独的心在啜泣，乞求从生活的源流收到热情的邀请信，让我加入他们的喜怒哀乐。

在浑浑噩噩的环境中，人一到炎热的午后，就陷入昏昏欲睡的状态。

生活丧失了全部的意义，人被精神的萎靡所包裹。每一天我都痛切地感到，自己应该冲出这种委顿的圈圈。在那个时代，有很多缺乏民族意识的政治团体和报刊大肆鼓吹，将孟加拉的传统抛诸脑后，回避社会责任，把所谓的"爱国主义"像一针温和的麻醉剂注入教育领域，对此，我打心底里不赞同。我自己以及弥漫在身旁的不满情绪使我坐立不安。我告诉自己："与其这样，倒不如去当个阿拉伯的贝多因人！"

在世界的其他地方，对自由生活的狂热追求以及随之而来的运动和抗争从来没有停止过，我们却像乞讨的少女，站在门外，踮起脚眼巴巴地看着。我们什么时候才付得起钱，把自己打扮一番，加入他们的行列呢？也许正是在这样一个精神方面分崩离析，用无数的小圈子把人们分开的国家，人们才对广阔的世俗生活怀有更大的渴望。

我年轻时对人世也怀着同样的渴望，就像我小时候站在仆人用粉笔画的圆圈里，想象着外面大自然的样子。它是多么罕见、多么难得、多么遥不可及啊！但如果我们不能接触自然，如果没有风从那里吹过来，没有水从那里流过来，没有路方便人们踏上旅途，来来往往，那么，陈腐和衰朽就会在我们周围堆积起来，无人清除，直到窒息生命。

雨季里，浓云密布，大雨如注，而到了秋季，天空中有光与影的游戏，但这并不是最吸引人的，因为田间还有丰收的玉米。同样，在我的诗歌创作生涯中，当雨季占上风的时候，我只有狂风骤雨般的幻想，言语变得模糊，节奏变得凌乱。但在秋季写的《刚与柔》诗集里，不仅天空中有缤纷的云彩，庄稼也从地里破土而出。于是，在与现实世界的交往中，语言力求准确，韵律灵活多变。

就这样，我的另一本诗集完成了。内在与外在、亲人与外人相聚的日子，正越来越紧密地包围了我的生活。我的人生之旅现在必须通过家居琐事来实现，善与恶、欢乐与悲伤，都会在途中遇到，再也不能像欣赏画作一样看得漫不经心。在这里，有太多的机遇和挫折、胜利和失败、冲突和欢聚！

我没有能力揭示和展现这种至高的艺术。生命的向导，正用这种艺术快乐地引领我穿越一切障碍、对抗和曲折，达到生命最深层的意义。如果我不能弄清楚这种意图的奥秘，那么无论我想说明什么，都会误导别人。分析图像只能得到它的尘埃，而得不到艺术家的快乐。

因此，护送我的读者们来到内殿的门口后，请允许我就此告辞。

泰戈尔致奥坎波情书

桑伊斯德罗　1924年11月14日

昨晚，当我对你的盛情款待致以谢意时，我希望你能充分感受我的心意。

你很难体会我的孤独，在我一夜之间获得名声后，负担更沉重地压在我的肩头。我就像一个不幸的国家，在一个不祥的日子，以花朵凋零、树木砍伐殆尽为代价，挖出的一处煤矿，赤裸裸地暴露在寻宝者贪婪的眼光中。我的市价飞涨，个人的价值却被人遗忘。我努力实现自己的价值，坚持不懈。实现价值，需要女人的爱，我一直寻求得到这样的爱。

今天，我觉得这个珍贵的礼物正向我走来，你能奖赏我，奖赏我的心。这令我欣喜异常。我知道，自己正步入人生的另一个阶段，像穿越沙漠的人，比以往任何时候更需要水解渴，但我不知该怎么做，也没有勇气表达，只能感谢走向我，然后带我离开的好运。

朱利奥·恺撒号上　1925年1月5日

维佳娅，在灰色的天空下，我的日子单调地重复，像一串数不完的念珠。白天和夜里的大部分时间，我都把自己埋在你送的扶手椅里，最终，它让我懂得了波德莱尔诗句中的抒情性，我们曾一起读过他的诗。我本想在跨越两处海岸的间歇，写一点东西——但海风劲吹，我的稿纸悠闲地躺在桌上，一片空白，看起来像一座遥远的无人岛上的沙滩。我的一天中，三分之二拿来睡觉，三分之一用来读书。我被一种慵懒的气氛彻底包围，就像一个男人过着养尊处优的生活。在过去的两天，我终于能理解为什么中国的男人要抽鸦片，来获得片刻的男性尊严，因为自打他呱呱坠地，就过得身不由己，清醒的时候一刻不得闲。现代的女性总是指责我们动不动就发脾气，像个暴君，她们不明白，这是我们的情绪宣泄方式，我们被逼着要在社会中扬名立万，这对天性是一种压抑和折磨。西班牙哲学家说得很对，是女人让我们成为文明人，她们让我们的人生充满压力，强加给我们一些不该由我们完成的使命。我们要报复，让她们从平凡的女人变成涂脂抹粉的贵妇，把她们装进温室，逼她们多愁善感，为她们病态的妆容和香味叫好。生活有必需品，但大脑要悠闲——女人如生活的守护神般，她们能享受悠闲；而男人都是哲学家，热爱思考，他们终日劳作，为生活提供必需品，并繁衍后代。现代的女性主义者希望在各个领域和男性展开竞争——但这只会让男性提升精力，愤怒的火焰燃得更旺。唯一满意的解决方式是把他们从重要的岗位赶走，让不必要的诱惑吸引他们步入未知的地方。他们是天生的野蛮人，喜欢在思想和梦想的旷野独自流浪。但你希望你的子嗣成为文明人，不受伤病和贫穷困扰。于是你释放这些野蛮的生物,想把他们驯服,满足社会的要求。反社会的人被社会人所俘获。但要适应社会并非一件易事,对于你的吩咐,我们被迫以错误的观念完成,你看不下去,又无法躲起来享受,所以更焦躁不安。

　　我漂流在海上,距离你的海岸越来越远,如今,我们天各一方,让我不禁回想起在桑伊斯德罗的日日夜夜。我并非天生喜欢旅行——我已经精力不济,无法领略一个陌生国度的美,在新奇的旅途中,为自己构建一座新的巢穴。所以,当我远离故土,我愿意结识异国的朋友,请他们介绍当地的风土人情。对我来说,拉美世界的精神会永留在我的记忆中,随时浮现出人们的音容笑貌。你将我从客套的款待中拯救出来,让我走入你的心田,并认识你的国家。不幸的是,语言障碍让我们无法自由交流,你熟练掌握的那门欧洲语言,恰好是我的短板。确实很遗憾,你有丰富的思想,渴望与你的朋友分享,我能充分理解这种痛苦,你一定很煎熬,因为你无法告诉我自己的心里话,拨开那层迷雾,让我见识你在文学上的追求和愿景。我很抱歉,不能彻底了解你——这种困难,因为你对文学形象的不同见解而难上加难。这是一种贵族式的荣耀,虽擅长自我表达,却宁可沉默不语,以免说出缺乏修饰的话。但从见到你的第一眼开始,我就知道你有自己的想法。对我来说,就像一颗星星,因为太遥远,所以光线暗淡。我们在一起时,总是玩弄辞藻,在笑声中错过良机,却没有看清对方的样子。笑声也经常扰乱我的心神,卷起尘埃,让我们的视野变得模糊。我的朋友们有所不知,我骨子里是个严肃的人。我们的相识像一笔财富,但这笔财富并不会公开摆放在人来人往的外屋。财富等待去发掘,只有在你我严肃的时候,才能收入囊中。你经常看到我眷恋家乡。这倒不是我对印度有多么迷恋，而是对蛰居在我心中使我获得内心自由的那种完美无缺的真实的迷恋。当我出于某种原因，用自己特别的方式注意自己的个性时，这个真实顷刻间在我眼前消失了。我真正的家乡在那里，她的环境召唤着我，显示自己的优美。因为我在那个旅途上必然会接触到宇宙的普遍真理。在我的心灵深处肯定有这样的鸟巢般的空间，可以让我自由地降落在上面。那空间里的声音除了光亮和自由，再没有其他的诱惑。任何时候，当这座鸟巢成为恶意的冲突场所时，我的心灵就如同候鸟一样，振翅飞向遥远的岸边；任何时候，当障碍停留在我自由光亮的一些日子时，我仿佛感到自己承受着伪装物的重负，犹如晨曦被浓雾所笼罩。我无法看清自己，它像噩梦一样，用自己沉重的虚无令我窒息。我经常对你说，我没有自由去牺牲自己的自由——因为这个自由是我的上帝为他自己服务时提出的要求，我忘记了这个职责，徘徊在一个享乐的牢笼里。然而，现在那个时机永远地结束在一次灾祸中[3]，一股愤怒的力量公然把我摔在倒塌的墙外。

我告诉你这些，是因为我知道，你爱我。我相信天命。我确信，以我卑微的身份确信，上天选择我来到这个世界，不单是生命的延续，而是要完成天赋的使命。于是，我相信从某种程度上，你的爱能帮助我达到圆满。这听上去有些自负，但我们的内心都在呼唤，让人无法遏止。我想说的是，这个呼唤的声音挣脱了我的控制。就像婴儿喊着母亲，是一种本能——不是某个人的呼唤，而是人类的呼唤。这些被赋予天命的人就像降生的婴儿一样，对他们来说，爱与呵护不仅是一种享受，还是

---

[3] 1924年11月，拉宾德拉纳特·泰戈尔乘船借道布宜诺斯艾利斯前往秘鲁。航行途中，他患上流感，身体虚弱，不得不在布宜诺斯艾利斯城外一座河畔别墅休养，时间长达两个月。

恩赐。除了爱，还包括伤害、羞辱、忽视和排斥，也许将他们碾轧为尘土，但更让生命得到升华。

意大利　1925年1月底

亲爱的维佳娅，命运又给我开了个愚蠢的玩笑，我病倒了，不得不取消所有的行程，赶回家去。真是遗憾，因为我刚被这个国家的人民真挚的欢迎所感动。我应该回去，满足他们的期盼。莱昂纳德和我们的朋友们齐心协力，为我寻找一个合适的住处。我很高兴能在欧洲有个小窝，这个国家的人对我非常友好。如果一切准备就绪，明年九十月间我还要来意大利。我记得你说过，那时也要来欧洲——所以你会再次有我住在你的屋檐下，成为你的客人。我正躺在床上给你写信——我希望你能认出我潦草的字迹。莱昂纳德会给你写信，详述我在意大利的见闻。

威尼斯　1925年2月1日

亲爱的维佳娅，我明天出发回印度。莱昂纳德会和我们的朋友们商量，找个安静的地方，让我能经常来待一些时间。我记得，你希望明年秋天来欧洲，所以我决定大概九月中旬和你见面，待到十月份的第三周。要是你改变计划，请提前告知我。意大利人对我很好，我觉得意大利的阳光和意大利人的热心肠对我的健康有好处。再见。

孟买　1925年2月19日

亲爱的维佳娅，我刚回到印度。疲惫的感觉尚未散去。威尼斯的医生强烈建议我注意节省有限的体力，但印度人需要我，我得尽我所能去帮助他们。我想明年四月去欧洲，在那里度过夏天。埃尔姆赫斯特已经离开我，不在身边。我很难找到另一个能干的人来填补他的空缺。如果夏天能去欧洲，我会给你发电报。

是你决定，我在《民族报》上发文的稿费，不直接汇给我，而是经由埃尔姆赫斯特转交？我在酝酿一些项目，需要这笔资金，所以我希望定期收到稿费，不要转借他人之手。至少头一年，埃尔姆赫斯特新婚燕尔，要忙的事情太多，实在不需要再负担收取我的稿费的重任。不过，我也不擅此道，所以希望你能帮我打理，我完全信任你。

我不知道寄一封信的话，要多久才能从印度飞到你的手中——但我希望在出发去欧洲之前给你写一封。但愿你没收到电报，说我不能离开印度，说我取消了欧洲之行。

虽然你不常收到我的信，但是请放心，我记得你，亲爱的。

加尔各答　1925年2月27日

一些动物用装死的方式从死亡的危险中自救。医生建议我效仿它们装死的方式，不能动、不能说话、不能见朋友。事实上，从各个方面看来，我就像死了一般。因此，我将完全臣服于你送的安乐椅，它一直伴随着我，从一处海岸到另一处海岸。因此，等到明年五月一日，再次离开印度前往意大利时，我将用一种吝啬的谨慎来拯救我的精力。"克拉科维亚"为我特别空出一间船舱，曾载我回到印度，以后又将送我去意大利。我希望到那个时候，我有足够的精力去实现我的计划，驶向有人翘首期盼、热烈欢迎我的海岸。

那天，我见了一位了不起的法国妇女，她已经在西藏旅行多年，和当地人相处融洽。她问我《民族报》怎么样，因为编辑在跟她约稿。我对她说这份报纸刊登的都是高质量的稿件，并向她报了你的大名。你可能很快会收到她写的信。

为了写这封信，我违反了医生要我一直躺在安乐椅上、不准坐到桌旁写东西的禁令。我可以口授，但我还是冒着被他批评的风险，亲笔写信给你。用自己的笔，而不借别人的笔，将心里话讲给你听，让我病中又虚耗了许多力气。

圣地尼克坦　1925年3月31日

我无法甩掉虚弱。它像一些重物，堆积起来压住我的胸口。我躺在椅子上动弹不得。身体虚弱时，我的思绪时常游回桑伊斯德罗的阳台，寻找你爱的援助。

我们这里的春天已接近尾声，空气中弥漫着浓郁的杧果花香——痛苦在加剧，烈日将最后的热度投向大地。我们的夏天酷热难耐，对我的健康没有好处，因此我决定在五月初离开印度。但是医生不允许。所以我将离开的时间推迟到八月，九月初到意大利。你不是说，你那时要去欧洲吗？

你的照片已平安寄到我处。大家都觉得很好看。我上次寄给你的是我在米兰拍的照片。希望你已经收到。冲洗好之后，我会再寄给你一些我在印度拍的照片。你是否收到我那几篇打算登在《民族报》上的短篇小说？你还在读《红色夹竹桃》吗？我的爱人。

圣地尼克坦　1925年8月2日

我虚弱的身体尚未抛弃我。医生要我保持安静，我也非常乐意，但总有一些人跟我打交道，动机与我相悖。在这个国家，我的时间都消耗在满足各种人的需求上，他们相信，自己的需求应该得到满足。除非离开印度，我才能躲开他们。罗曼·罗兰推荐了他在瑞士住处附近的一所疗养院，医生建议我休养一段时间。我们的船八月十五日出发，九月初到热那亚。我希望你能在那里迎接我。但是我觉得你不会来。既然我有了充足的悠闲时光来培养梦想，记忆中的桑伊斯德罗再次徘徊在我的脑海，细节栩栩如生。你在信中说，我不能在河畔那所美丽的住宅里逗留到夏季，你为此表示遗憾。你不知道，我多么希望能这么做。一个职责的诱惑把我从毫无结果、自我陶醉的甜蜜边隅驱赶出来。但今天我感到，当我在那儿时，每天篮子里都装满了闲暇时盛开的诗歌的羞怯之花。我可以告慰你的是，其中许多花，经过劳动的修饰，在我慈善事业的宝塔倒塌之后，将永葆鲜艳。很少有人知道，他们应该感谢你，赋予我创作诗句的天赋。我亲爱的。

加尔各答　1925年10月29日

亲爱的维佳娅：

我不想聊我的病情，这已经成为一件老生常谈的烦心事。我无聊地等待夏天来临，打算再去欧洲，接受治疗。

我要送你一本孟加拉语诗集。我真想亲手把书放在你的手上。我把诗集题献给你，虽然你看不懂内容。大部分的诗都是我住在桑伊斯德罗时写的。能读懂这些诗的读者，永远不知道它们与我的维佳娅有关。我希望这本书能长时间陪伴你，而不是我。

加尔各答　1925年11月12日

我希望你已经收到我寄来的书和信。

我感觉自己被放逐到病痛的寂寞中，宛如身处一座孤独的岛屿，被朦胧的阴影和沙哑的低吟笼罩，生命的溪流正潺潺地涌向尽头。当活动受限，人的身子似乎也缩小。这时，他会渴望某人出现在身边，因为她是他活在世上的意义。

我确定明年三月去欧洲。不知你是否有机会来看我？亲爱的。

圣地尼克坦　1925年12月30日

收到你的电报，我格外高兴。去年，也是这个时候，我身在桑伊斯德罗。至今我仍清晰地记得，晨曦的微光洒落在你的园中，处处是奇花异草，红色、蓝色，五彩纷呈。我站在窗前，沉醉于河面荡漾的碧波。此刻，我感到一阵懊悔，有你温柔相伴，我却没能多待些日子，逃离各种令人疲倦的压力。

我一直打算搭乘汽船前往欧洲。我计划明年三月出发，却被告知直到五月才有空余的船票。我急切地希望在欧洲找一处安静的地方待一阵子，接受适当的药物治疗。罗曼·罗兰在他位于瑞士的住所附近为我安排了一个疗养院，希望价钱不要太昂贵。

不久前，我收到埃尔姆赫斯特的信——他正幸福地期待家庭新成员的到来。

圣地尼克坦　1926年2月24日

我寄给你的照片是昨天拍的,但袍子是在桑伊斯德罗时,你送给我的礼物。

在旺季想买到汽船票非常困难,尤其还要满足我的特殊要求。不过最后,一位意大利汽船的船长同意为我腾出些空间,这样的话,我四月十五日或者下个月初就可以出发了。我内心的伤痛未得到丝毫减轻,但愿在欧洲能得到适当的治疗。

等返回加尔各答,我再读你的演讲稿的译文,寄给你一份维斯瓦巴拉蒂大学会员的会费收据。我很疲惫,似乎只能在旋转的梦境和摇曳的诗歌里挥霍光阴。

乘船旅行途中　1929年3月21日

再三搁浅之后,我终于开始了去西方的旅行。这次是到达最北的地方——加拿大。我接到邀请,去温哥华参加一个教育性的会议,再从那里去洛杉矶,花六周的时间去大学演讲,以及处理其他事项。我们的船离开孟买时,历史再次重演——我又患了轻微流感。在客舱里,我的生命如同行尸走肉。更不幸的是,就算是历史重演,却少了其中最重要的部分。生活的缺憾靠意志填充,我们的记忆用梦想点缀——偶然的事件接踵而来,那些片段亦不会冲散,只会根植于印象深处。像大树枝繁叶茂,用绿荫庇护着枝头歌唱的鸟儿。

马丁角　1930年4月9日

经过那么多次徒劳无功之后，我迫切地想要见你，就在绝望地快要放弃的时候，我意外获得你的准确地址，收到你的回复，我心里极度喜悦。途中遭遇不少小事故，耗费双倍的时间才完成航行：船底渗水，幸亏水泵没日没夜抽水，才免遭倾覆之灾。祸不单行，在火车站，装护照的小包又被偷走，我们得等英国领事送来新的护照才能继续行程。于我而言，比较幸运的是可以安静地准备牛津大学的演讲。儿子跟媳妇与我同行，他们负责安排去瑞士的事宜。我们住在阿尔弗雷德·卡恩的漂亮别墅，附近有一个酒店，你来的话可以住。别犹豫，因为时间仓促，我太想见到你。爱你的。

伦敦　1930年5月14日

自从来到这个国家，我从未享受过自己主宰的时光。我心烦意乱。

我不知该和你说什么好。我所谓的画家名气来得太突然，千万不要当真。你本人和这次画展，和我画的那些画的关联，我一直都忘不掉。我希望能把自己的感受和你分享——但我只会开开玩笑，搪塞过去，因为我是个严肃的人，因为通过聊天的方式，说出来的东西毫无深度。说实话，在西方的日常社会生活，不可能以简单、自然和真挚的方式深入交流。这就像死海里面的盐水，让每样东西，无论有多重，都能够浮在水面。不知你在哪里——我希望，我们能在印度相见。

伦敦　1930年6月2日

自从来到这个国家，我从未有过片刻休息。马不停蹄，让我思乡心切，但我没有退路。

伯明翰艺术馆即将展出我的画作。他们对我的画表示赞叹，但我知道自己名不副实。他们难道是惊讶地看到了我的另一面，身份发生转变，从诗人到画家？

最近，我不幸被流感击倒，在卧室休息几天后，我才出门，见到太阳。病魔虽然离去，我的身体依然虚弱，夺走我的工作热情，加重我的行动负担。

出乎我的意料，我在牛津的演讲大受听众欢迎。希望你为我高兴。

我听说，由于我的原因，耽误了你去美国的行程。我希望你能弥补失去的时间，并且原谅我。我太自私，总是为了一己之私，消耗你的精力。我就是这样一个以自我为中心的物种。

圣地尼克坦　1934年7月9日

最近我一直想找你的地址，但没有找到。我常想与你再次相见，但机会越来越渺茫。今天早上，在给埃尔姆赫斯特的信中，我回忆起一个圣诞节的清晨，那座阿根廷的美丽花园，是好心的你为我提供的一处庇护所。直到现在，悲伤的情绪仍然萦绕在我的心头，哀叹昔日不再来。真是个奇妙的巧合，我刚寄出那封信，就收到你的明信片，让人联想到你对莱昂纳德的关心。

上个月，我去了趟锡兰，带了一些歌手和圣地尼克坦学校的女学生同去。我们表演的节目引人入胜、大受欢迎。要不是费用太大，我真想带他们去巴黎。我相信，法国的观众看到这些蕴含东方异域之美的节目，一定会很愉悦。

我衷心希望你能够把印度放在你远游的计划里,到圣地尼克坦找我。为什么不可能呢?从十一月中旬到年末,你会发现那里气候宜人,我也会尽力让你住得舒适。

我会寄给你在锡兰拍的照片,希望你能收到。

圣地尼克坦　1939年1月26日

前段时间,我见到你的同胞,是一位女士,从那时开始,我就期待能收到你的信,最后果然如愿,我感到很高兴。从现在起,我要珍视每一次期待,说不定能在我这儿迎接你。我经常陷入梦境,梦见在阿根廷的那些日子,因为有你爱的关怀而快乐无比。那里奇妙的气氛,和意料之外的经历,始终萦绕在我的心头,形成一缕乡愁。现在,该轮到你履行你我相见的承诺了,我向你保证,能让你的生活变得与众不同。

我还在继续工作,尽管我知道,智慧的灯已经熄灭,生命的白昼正渐渐滑入宁静的星夜。

圣地尼克坦　1939年3月14日

我经常感觉你就在身旁,我们曾经近在咫尺,如今却绝望地越来越远,但你的气息仍然像上天的礼物,让我的思绪免于枯竭。可惜,偶然间收获的珍宝,无法再追寻,当我的心渴望拥有你时,才发现已经永远失去。照片上那栋毗邻滔滔河水的房子,是你为我们找的住处,环境独特,园中的仙人掌摆出奇异的造型,带来一种遥远的异国情调,在我看来,这是一种跨越重重障碍而发出的邀请。我在这里流连忘返,像是身在远离尘嚣的金银岛,处处充满谜团——这就是我在阿根廷的奇遇。也许你知道,那些阳光灿烂的日子和悉心的关照，始终盘旋在我的脑海——成为我最好的回忆——逃亡者寻找到遮风避雨之处。虽然我们被不同的语言分隔，我仍然渴望你的造访。

圣地尼克坦　1940 年 7 月 10 日

　　分别这么长时间，你还能挂念我，真让我高兴。当世界的气氛变得阴郁，离散的心灵很自然地渴望靠在一起，回忆那些快乐的日子，增加时间的价值。我的脑海中经常出现那栋河畔的房子，很遗憾，当时的我愚蠢而心不在焉。我没有收到你送给我的珍贵礼物。也许这就是命运吧，悔之晚矣。

　　你问我题献给你的那本书的书名。叫 *Puravi*（印地语"东方"一词的阴性形式）。

第 6 章

心是万物的宇宙

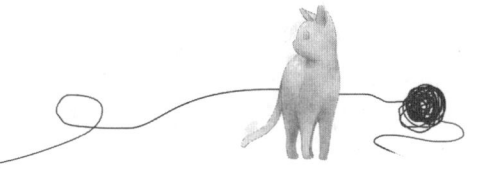

泰 戈 尔 散 文 精 选

创新精神

有一天,一个小女孩即兴编了个剧本,请我做主角。在这个故事中,我被关在一间黑屋子里,门从外面上了锁。她问我:"如果你想出去,会怎么办?"我回答道:"我会喊救命。"这法子很简单,但故事就变得无趣了,所以小女孩补充说,附近没人,不管我怎么喊,都没人能听到。我说,那我没别的选择,只能动粗了,一脚把门踹开。为了让故事继续下去,小女孩说门是铁门。我说自己找到了另一把钥匙……"但钥匙不对,门还是打不开。"她开心地给我设置了一道又一道难关。

人生也是如此,最重要的任务是闯过一道道关卡,从黑暗的牢笼里逃出来,过程几乎和上面的剧本一样。困难相继出现,每一次都有新的障碍,只有冒险前行。直到最后达成一个完美的结局,一切都结束了,曲终人散。聪明的小朋友发现无事可做了,只好行个礼、走下舞台,然后回家睡觉。

生命之神将一个单细胞注入死寂的世界，开启生命的篇章。这是一项惊天动地的成就，其奥秘至今仍不为人知。生命之神永不停歇，大胆地接受更艰巨的挑战，以奇思妙想设计出一个在今天看来依然令人惊叹的要素。

这个要素便是一种自我调节的相互作用，至于是如何相互作用的，谁也分析不出。生命之神先将许多细胞结合起来，再将它们分类，使每个细胞在合作的基础上发挥各自的功能。这样一来，原本简单的小单元组成了大的个体。这不单是一个聚集的过程，每一种类别都代表着一种分工，都在履行自己的职责，同时又保持密切的互动。在生命之神的指挥下，大量细胞被召集在一起，赋予它们生命共同体的意识。当细胞生命的完整性受到威胁时，就会接受动员，奋起抵抗。

一棵树的内在和谐和内在生命力，表现在它的姿态、力量、坚韧以及通过轮回的窄门踏上未知的旅程。生命到达这个阶段，即使没有更多的想象或创新，也是一项伟大的成就。然而，生命之神的创造力却有增无减，从未停止给我们更多惊喜；她没有采用习惯的方式，而是引入了"移动"这个变量，增加了生命的风险，给了足智多谋的生命之神再次大显身手的机会。她似乎热衷于大规模的挑战，因为环境总是给行动设下重重障碍，任何新来者都难以登上生命的彼岸。因此，鱼进化出了可以在陆地上移动的器官。

气压是另一个更难的关卡，但生命之神接受了挑战，赋予鸟类非凡的翅膀，打破了大气微妙的潜规则，使鸟儿在天空比在貌似安全的陆地更自在。寒冰是极地地区的哨兵，热带沙漠则酷热难耐，对生命的幼苗大声说"不"。然而，这些专制的禁令落空了，即使挑战失败的代价是死亡，这些处女地的边界还是被成功打破。

这次征服之旅标志着生命王国的开启。这是一段建立在挑战自然法则基础上的创新旅程。生命前进的轨迹像是一个现实残酷的竞技场。物质世界是一个数量的世界，资源有限。胜利只属于那些手中握有利器的人。成功者与失败者，走的是两条没有交集的平行线。

有这么多体格相当的战士为了生存而战，看来生命似乎经历过一段恃强凌弱的统治时期，在那个时期，拥有强健的骨骼，发达的肌肉，尾巴上还加盖了厚厚的盔甲的物种更具有优势。这种体形庞大的现象似乎是天意使然，因为在一个以数量取胜的世界里，体形大小显然是胜负的关键。但这些庞然大物最终都灭绝了，现在，我们每天都能从沙漠和古代遗迹中挖掘出它们灭绝的痕迹，这是一场几乎被遗忘了的生存斗争。这些重量级的生物身上除了骨头、兽皮、坚硬的壳、锋利的牙齿和爪子之外，什么都没有。这些装备不但没能维持生存的需要，反而成了沉重的负担，使它们难以获得至关重要和最基本的自由和发展。

地球为她的子民们提供的生存资源被这些庞大的掠食者肆意地消耗掉，以维持他们沉重的身体，但真正的生长被严重地削减了。幸亏这种徒劳无功的竞争很快结束了。存活下来的少数动物，如犀牛和河马，与它们巨大的力量和体形相比，所占的生存空间少得可怜。它们的威武雄壮与今天这个世界看起来格格不入，眼看它们的现状如此凄凉，真是令人感伤。这些物种和那些已经灭绝的物种一样，都是生命实验失败的结果，然后，在黎明的微光中，实验进入了反扩张的阶段，体形较小的人类怀着深不可测的野心登上了世界的舞台。

我们应该明白，世界的进化是朝着揭示真理的方向发展的——无论时空如何转变，某些内在价值都是一致的。生命的形成并不意味着新物质的出现，因为生命是由与石头和矿物相同的元素构成的。但生命逐渐发展出一种无法衡量或者分析的价值。心智和自我意识也是如此，它们都表现出非凡的意义，是真理的自我表现形式。真理通过人类来显示它的存在，并努力使它的面貌更加清晰。另一方面，永恒正是穿越重重障碍，从过去的事件中实现自我。

进化过程中生命的生理构造，发展到人类阶段时似乎固定了下来。我们想不出身体还有什么重要的功能需要添加或修改。如果有人生下来就多了一双眼睛或者耳朵，甚至多了一双手脚，我们总是会想办法尽快把它们除掉。人类总是断然否定任何太明显的体貌变化，因为人具有自然的美感，任何扰乱自然美的出格行为都被严加禁止，全然不顾这些变化是不是优点，会不会带来好处。比如我们的背部很平坦，从战略的角度来看，这个部位并不完美，如果被攻击，很容易受到伤害。理性地说，光是这一点就足以让我们暗自后悔当初没有保留下自己的尾巴，然而，任何违背"简约原则"的尝试都会受到排斥。我相信人们对鬼魂的恐惧正是来自背部的脆弱，因为那是我们照顾不了的区域，让我们心生怀疑。如果我们能把一只眼睛移到脑袋后面，就能解决问题，不用一直这么害怕！不过话说回来，现在太晚了。

因此，当所有的创新都被故意颠覆时，人体的生理效率逐渐下降，一些器官开始失去原来的活力。封闭在围墙内的现代文明损害了人的视力、听觉，加深了距离感。吃惯了煮熟的食物，我们变得不太会使用牙齿，让牙医捡了便宜。由于受到衣物的过度保护，皮肤的温度调节功能变得迟钝，受伤后的愈合能力也减弱了。

生命之神的伟大冒险似乎在人类出现的那一刻停止了。她可能会意识到，把所有的时间都浪费在人的形体上，添一笔，补一画，并没有多大的意义，因为证据告诉她，二加二并不总是等于四。生物必须维持理想的比例，内部关系才不会发生冲突。在数量和规模上不受控制的扩张将破坏内在的和谐与完美，因此想让身体强大的野心注定要破灭。挂在大象身前的长鼻子能发挥它的作用，于是我们会想，要是大象身后还有一根像鼻子一样的尾巴，好处会加倍。然而，在生命之神的土地上恣意扩张，土地就会变得拥挤不堪，结果是走向灭亡。生命的自然节奏不同于乘法表，如果扩张是对生命规律的狂妄、粗暴的践踏，就会破坏自然的节奏，留下毫无秩序的无用的累赘。如前所述，这样的灾难在进化史上确实发生过。

我们得到的教训是，如果让尾巴继续长，永远地长下去，它最终会成为致命的包袱，毁掉人的身体。

此外，进化不可避免地将生物训练成具有特殊能力的专家。例如，骆驼可以在沙漠中行动自如，但它们一走进沼泽地，就失去了机动性。在尼罗河里游泳的河马，到了邻近的沙漠就无法生存。专注于某一方面，有助于培养在某一特定领域的本领，并达到完美的境地。天上的专家是鸟，海里的专家是鱼，鸵鸟只在自己的领地上傲视群雄，把它放在一群鹰里就显得很愚蠢。每一种生物都必须满足于自己身上的优势和劣势。牺牲生命的完整性来换取特定的能力是必然的结果，因为形态的进化仅限于物质和肉体层面，所以必须受到环境的限制。

为了避免生命之神创造的生物因形体太大而走向灭绝的命运，特定的限制似乎成为某个进化阶段的目的。她已经知道生命的本质不在于数量多寡或者体形大小，毫无节制地追求数量多、体形大，就会走上恶性循环的道路。远古时期的动物正是因为个头太大，身体太沉重，所以得生出一条长尾巴来保持平衡。个头一大，占的空间就大，浑身上下都暴露在外，必须靠厚重的盔甲保护。再后来，它们进化出尖利的牙齿和爪子，或者角和蹄，但也没能摆脱灭绝的命运。

这就像是把一个沉重的包袱压在另一个沉重的包袱上面，把生命本身当作平台，顶着坚硬的壳，直到它们被重负压垮。有人说，一棵树绝大部分是无生命的物质，树干除了薄薄的外皮，里面都是逐渐老去的木材，但它是树的支撑，以满足其俯瞰大地的雄心。毫无生气的木材就像仆人一样把树高高举起。但要让枯木支撑，树必须用自由来交换。树要得到大地的合作，与它忠诚的奴隶分享地下的养料，并通过纠缠在地下的树根永久地保持自己的位置。

相反，希望身体能自由移动的物种，必须把不利于行的包袱重量减到最轻，还要懂得生物的进化重点应该是内在的提升，而不是外在的扩张。无生命物质的成长不能超越有生命的，就如同保护身体的外壳不能让皮肤呼吸不畅，盔甲也不能妨碍手臂的动作。

最后，当生命之神在人类身上看到自己的形象时，生命的循环就完成了。这项任务隐含的真理在黑暗中闪烁，隐约地为她指明了一个超然而有意义的方向。所有在到达目的地之前所做的努力都是外在的，偏向于技艺和躯体，专注于训练器官的效率，朝着无穷无尽的、平凡的物理性进化前进。不可否认，蜜蜂的复眼具有一些难以想象的功能，萤火虫身体发光的能力无与伦比，还有很多物种都有令我们望尘莫及的感觉器官。

这些卓越的感官能力让生命的道路增加了里程,延长了无限的距离,却从不会越过物质的边界。

除了内部器官,外部的点缀也是如此。深海生物丰富的色彩和图案使我们眼花缭乱,蝴蝶的翅膀、甲虫的背、孔雀的羽毛、甲壳类动物的壳,以及植物的形态,其复杂性令人叹为观止。这些进化几乎达到了完美的终极标准,但其实不然,如果它们只是形态上的改进,无论有多少令人惊叹的造化出现,仍然有一些无法言说的缺失。

这些装饰就像在一个被囚禁的美人身上打扮,发挥空间有限,却打扮得花枝招展,但对美人来说,内心最渴求的不是美丽,而是身体的解放和感官之外的东西。形体装饰的自由,就像被关在笼中时能得到的自由,只有技能上的精炼和肤浅的美。无论你的体力和技能水平如何,生活都将永远被习惯所束缚。这就像一个模型,虽然提供了安全性,但产生的多是标准化的结果,最终仍然停滞不前。几千年来,蜜蜂不断地筑同样的巢,鸟儿造同样的窝,蜘蛛结同样的网。它们的生物本能使身体的肌肉和神经结构保持不变,因此没有权利另辟蹊径或者犯错。为了确保一个可信的、可预测的成品,这些生物的身体必须表现得像模范儿童。这些生物就像学校里的模范生,遵守纪律,把课文背得很熟,不淘气,不作妖,但也缺乏活力和创造力。他们完美得像一种在质量控制下造出来的产品,和无生命的物体差不多。

生命之神不愿让这种乏味的零缺陷规则继续下去,大胆主张更多的自由,并坚定地吞下智慧之树的果实。

这一次,她要挑战的不是死寂,而是抛弃自己身上让她无法承受的沉重负担。她要对抗由来已久的本能,就像挣脱一个精明的老典狱长的控制。她使用新的方法，重新制定法律法规，试图打造一种完全不同的人类。她大胆地走上前，打开门，迎接一个爆炸性的、高风险的变量——心智。此前，她一直小心地呵护着心智。这倒不是说人类缺乏心智，而是直到这个阶段，幕布升起，舞台上表演的节目才变得清晰起来。在黑暗中，在酷热中，心智终于成了主角。

人的心智，就像生命一样，在本质上没有形体，不占空间，这一优势使它摆脱了物理边界的限制。心智和生命的另一个共同点是都具有自由的意志，这是早期的物种所没有的品质。动物的心智能够超越生命的局限，但只是在很小的程度上，就像是孩子，他们能在一个个房间跑来跑去，却不能迈出家门，或者像日本第一次开始与西方世界接触时，只开放了一个商业港口，让外国船只停靠，生怕自由通商会带来危险。心智与生命完全不一样，有着不同的规则和强有力的武器，它的情绪和习惯也与生命的本质大相径庭。

就像闪米特神话中的夏娃一样，生命之神宁愿失去内心的平静，也不愿获得自由。她听从了诱惑，相信只要答应和陌生人永远合作，就能自由进出那个伊甸园。在这之前，生命只关心与自身相关的好处，但自从有了冒险精神，就开始关心未知的领域。这两种关心有时相互矛盾，产生严重的后果。我说过，一些重要的人体器官被忽视，因此退化了。唯一的解释是，心智分散了人类对身体机能的注意力。毋庸置疑，即使生命的首要任务是生存，当与心智发生冲突时，心智总是占上风。最近，人类的冒险精神让一些探险者接受了攀登珠穆朗玛峰的挑战。这时候，心智打破了与生命之神订立的契约，把延续生命的承诺抛在脑后。生命长期执掌大权，却时常被难以驯服的心智钻空子。事实上，双方结成联盟后，各自的职能总是相互干扰，有时一发不可收拾。但即便如此，心智给人类进化带来的冲击，其成就远远超过那些体形庞大的生物。

　　人类在生命舞台的亮相，就像杰克和巨人的神话一样，是对生命的一大挑战。身体的扩张成为一种负担，而人类显然是不赞成的。心智对毫无戒心的人类说："别害怕！"然后无畏地站出来，独自面对看似威武强大的肌肉大军的威胁。它知道，人类势单力薄，仅凭肌肉是无法与那些庞然大物抗衡的，于是它想出了一个妙招，一个进化上的突破。这个目标实现时，人类将摆脱动物的被动命运，成为自然界的主宰。于是人类开始积极向外界求援，寻找能帮助自己，却不需要用生命来偿还的工具。弓和箭，就是人类最早找到的外部器官的延伸。

　　如果这种进化发生在体形大小至关重要的时代，那么人类的手臂可能会渐渐变得粗壮，最终变成累赘。话说回来，我也许猜错了，因为生命本身的灵巧和美丽可能会把人的手臂变成一个既美观又实用的狩猎工具。如果是这样的话，今天的我们就会写诗来歌颂手臂的神奇，赞叹其高超的狩猎能力，并辅以各种比喻。但是，即使有诗歌撑场面，一些不完美的地方也一目了然，无法遮掩。举个例子，擅长打猎的手臂握笔或者弹琴时就会显得很笨拙。幸运的是，人类进化的一大飞跃是那些额外的"手脚"不必长在身体上，就像前面提到的弓和箭。弓和箭永远不会从手臂里长出来，所以手臂只需要有一个专长。

　　人类的手臂同时具备象鼻、虎掌和鼠爪的功能，只是娴熟程度逊色了不少。但如果生命之神把这三种动物的肢体一并长在人体某个部位，肯定很吓人。

　　这个方法的第一步经济实用，就是把重量从身体上卸下来，换句话说，在保存身体重要资源的同时达到最大的效率。另一个目标是让生命之神停止折腾，让人类的身体在发展一点专业技能方面投入更多的精力。这样就激发人类去想象，如何才能把在水里游的鱼、在空中飞的鸟和在地上跑的动物的优点结合起来？人类对整体性的理解是能够代表各种各样的生命形式，但不是被动地通过自然机制进行分类，而是在理性思维的帮助下，怀着明确的目标在各种机会中进行选择。所以过生日时收到一把雕刻刀当礼物的男孩，马上就超越了老虎，因为他不用等上一百万年进化出刀锋一样的利爪，也不用再花一百万年摆脱这个不需要的工具。人类用心智获得了钢铁般的利爪，将几千年的时间压缩成短短几年。唯一的问题，是使用者与工具还无法匹配。老虎的爪子和它的性格是同步发展的，任何老虎的爪子都与它的力量相匹配。人类的小孩虽然拥有一把像老虎爪子一样的刀，但在成年之前，却不一定具备使用刀具的本事。今天，人类拥有额外手脚的速度太快，数量太多，但内在的心智却不足以与之相适应，所以随处可见人类社会中的许多熊孩子不听管教，拿着刀子胡乱挥舞。

有一件事我们藏不住。生命女神仍在深宫为皇太后提供必要的协助，但剧本变了，她也退出了舞台，在第三幕开始时把舞台让给了人类。怀着敏锐创造力的人类在生命中建立了新的政权。从那时起，人类的意志就不受任何阻碍，可以直接控制和建立自己的法则。印度的神秘主义者不满于自然之神的长期统治，向心智无法抵达的领域进发，赢得了意志。

随着进化方向的巨大改变，最重要的事件是人类拥有了心灵。丰富的心灵，是人类为维持其生物活动的其他能力所无法匹敌的。心灵的影响让我们超越物质的严格界限，为我们的思想和梦想提供一个开放的舞台。这种特权本来是为那些能在创造中找到乐趣的神保留的。生命之初，唯一的任务就是生存，所有生物的好运全赖自然的恩赐，有时还会被主宰形体的大神呼来唤去。乞丐之间没有和谐可言，他们互相嫉妒，就像狗向主人讨食一样，但他们又彼此争斗、叫嚷，想要赶走对方。这就是科学所描述的生存竞赛。和平从来不会降临到乞丐的世界。我敢肯定，渴望意外恩赐的人总是在战斗，忙着寻找武器。

可是，有个声音在一片喧嚣中浮现，那样满足，那样悠闲，一听就知道已经脱离了生理需求。它对着人类说："尽情庆祝吧！"于是，人类从一开始俯首听命的生物，变身成为创造者。过去只能接受，现在也要付出。过去是人习惯向神祷告祈福，现在是神要求他做出贡献。身为动物，他的一切有赖于自然之神；身为人，他在自己的国度里创造更多。

就在此刻，人的宗教降临，人透过"无限"的观点真正认识了自己。《阿闼婆吠陀经》有一段经文是这么说的："公正、真理、努力、王权、宗教、冒险、英雄、成功、过去与未来，存在于超凡卓绝的力量中。"

有形的东西就会受到限制，比如鸡蛋外层包着蛋壳，而自由存在的空间是无边界的、不确定的、看不见的。如果我们用物理或者物质的尺度来衡量，我们可能无法量出宗教的内涵。它存在于人类的七情六欲之中，就像大气一样，不断地刺激着光与生命之间的循环，并给我们带来快乐。

我在一首诗里说过，婴儿离开母亲的子宫后，会渐渐明白母子关系的本质是自由。只有不受束缚的人，才能理解自己与天地间更深更广的联系。人在道德生活中有责任感和自由，这是一种美德。在精神生活中，灵肉合一与自由意志相遇的地方，就是爱的所在。生于自然的人，把自己与自然的力量结合起来，赢得了机会的自由。人们通过承担集体责任获得了建立社会关系的机会，个人也从这个过程中形成的集体力量中受益。那些能够自由感受的人，在理解了与大我联系的意义后，会在奉献的生活中找到成就感。这样的生活充满了进步的真理和永恒的爱。

人的第一次解脱是物质方面的解脱，这意味着人不必在有限的体力范围内积累感官和体力。这是没有限制的自由，好处是无穷无尽的。大自然最初打算赐予人类更良好的视觉，但这就会陷入体形竞争的死胡同，脑袋上长出个望远镜是行不通的。每时每刻都把房子背在背上的蜗牛，必须使身体的组成、形状和重量等指标符合房子的规格。值得庆幸的是，人类不需要像蜗牛那样在身上盖个房子，那样会拖累肌肉和骨骼。这种体形的解放为人类天赋的发挥清除了所有障碍，并显示出前所未有的创造力。换句话说，住所不必依附于身体，反而解放了整个人类，建造房屋的人也能在他创造的作品中追求永恒。人与住所分离后，有更多的时间和精力，将个人的需求放到一边，建筑学应运而生。

我之前说过，在过去的某个时刻，单细胞开始聚集并形成大型有机体，生命的雏形出现。这个过程不仅仅是一种融合，而是一种相互关系的奇妙整合，本质上是复杂的，在功能和形式上有微妙的区别和分工，其中的奥秘我们永远无法一探究竟。生物的组成方式各不相同，但它们永远不会打破将其连接在一起并共同作用的纽带。生命作为一个整体，成长是它的目标，而为了实现这个目标，每个个体成员必须全力以赴，直到死亡，然后下一代的成员将接管并继续这项使命。每个成员对物种的进化都有贡献，但又不能独占功劳，因为旅程还没有完成，历史还在继续。

在所有的多细胞生物中，只有人类进化得如此完美和谐，不仅在生理层面，而且在精神层面。千万年来，人类的进化集中在意识上，试图突破个性的局限，理解自身与整个人类的关系。这种内在的关系也有助于自我意识的发展。人类形体的进化基于人类在与物质世界的互动中追求效率，意识的进化则为了在与人格世界的和谐中追求真理。

有人说，人性是一个抽象的概念，具有很强的主观性。我们必须承认，生命存在的真实性和客观性是不能向生命的组成部分证明的，原因是作为整体的一部分，它们不能跳出来成为旁观者。我们身体的每个细胞都有自己的生命周期，它们从来没有机会进行全面的观察，也没有机会了解身体的过去、现在和未来。如果这些细胞能够推理（万一它们有这种本事呢），它们将有权声称身体根本没有客观基础，而且尽管细胞之间通过某种神秘的吸引力相互作用，却缺乏现实依据。唯一能被证明的，是细胞之间存在无法逾越或者连接的空隙。

我们大概了解，在一个由原子爆炸形成的体系里，单个原子在巨大的空间中旋转，相比之下，原子的尺寸微乎其微。但我们不知道的是，为什么看到的原子是一种固体放射性矿物。如果人们也能看一看人类漫长的发展历程，看一看他们共同参与历史的轨迹，就会看到人与人是团结协作的，而不是各自为政的萧条景象。

如果我们从原子的角度看一块铁，就不能证明铁的存在；要证明铁的存在，必须在我们的视线范围内，看到铁的特定反应模式。要是在猎户座有个外星人，他能看见原子，却看不见铁，还坚持说是人类的眼神出了问题，谁也不能说他的观点是错的，但是也不必跟他争论，只要坚信我们眼中看到的是铁就行了。见者说："我看到了。"生活就按照他所看见的继续下去。尽管我们也许盲目无知，向生活谦卑地低下过头。

无论我们用怎样的逻辑为人类的团结一心下定义，我们从他人身上实现自我价值时感到的喜悦与满足，就是爱的本质，这个事实不会消失。爱证明了大我的存在，也是人类达到圆满境界的一种表现。爱创造了一个广阔的空间，在那里，我们不会屈服于饥饿、咆哮或者尖牙利爪，或者被物质所奴役，被残酷的嫉妒和卑鄙的欺骗所压迫。同情与合作是人类最伟大的精神资产。在智慧的海洋寻求知识，挑战根深蒂固的禁忌，充实自己，以便服务于不同地域、不同肤色的人。爱之神住在无边无际的快乐之境，把我们的心从自我分离的虚幻束缚中解脱出来；爱之神一直在向人间传递他的福祉。这就是文明的精神，一种达到最高人性的精神，使团结一致的凝聚力引领人类走向真理，换言之，就是公理和正义。

上帝是独一的，超越一切肤色，以他的伟力给各种肤色的人提供内在需求；上帝是神圣的，无论在世界的起点、还是终点；他希望以良好的意愿把我们团结在一起。

心性合一

当人的生计有了着落，获得了思考自我奥秘的闲暇时，他一定能领悟到真实人性与无限的人类世界之间的联系，以及它的完美形式。人类的宗教最早建立在宇宙的力量之上，然后逐渐提升等级，最后扎根到真实的人性上。但我们不能把这看作是对无限的认识的缩小。

用否定的眼光看无限，不过是对事物边界的无限延长或者无限缩小罢了。有人说我们的世界是一个有限的空间，这是一种数学演绎。但我们不会感到难过，即使一条直线延伸到最后不再是直线，而是回到起点，我们也不会有什么损失，更不会因此轻视宇宙。印度教的经书把宇宙比作一枚鸡蛋，因为在人类的认识中，宇宙的边界是圆的。不仅如此，经书还进一步论证了时间不是连续的，世界旅行到了尽头，然后开始下一个周期。换言之，在时空范畴，无限是由一个循环出现的有限构成的。

从积极的方面来看，一切事物的统一是无限的。从统一的角度来看，所谓群体并不是把不同的东西机械性地集中在一起，而是一种超越个体存在的、内在的完整性，就像是一朵莲花，美感来自整朵花，而不是花的各个组成部分。所以群体不是数字的叠加，而是一种强烈的和谐感。这种体验让我们懂得什么叫作无限。无限存在于我们的喜悦和爱中，万事合一就是幸福，即无限的爱。心灵昏聩的人满足欲望的方式是通过占有和舍不得放手，这种对数量的渴望，无疑会退化为对数量的盲目追求，而不是对伟大的向往。真正的精神满足不是通过拥有的数量来实现的。事实上，当我们与周围的环境建立起更深的联系，产生一种统一感，无限就变得明显，所以我们只能向内，而不是向外去领悟。

无限与永恒，称之为一。

"不生不灭者，超脱宇宙之疆"，此即谓之"人"。

"瑜伽"这个词，最初的意思就是身心合一，清楚地代表了印度宗教所秉承的态度。身心合一并不意味着拥有，而是置身其中。拥有真理意味着拥有者与真理是分开存在的，存在于真理中意味着人与真理合二为一。有些宗教处理人与神的关系时，会向他们的信徒保证，那些足够虔诚的人会得到回报。这种奖赏是功利性的，给了信徒追求特定道路的外部理由。印度也有这样的宗教，但是那些进入更高境界的人，会把人与神的统一，即人的最高境界，视作追求的神圣目标。

与神性至高真理的统一不能通过人的心智来实现，因为心智是人体内一个斤斤计较的部位，在人类的理性范围内行使控制意识的功能，以维持其与外部世界的互动。瑜伽的作用是帮助我们跨越心智设下的障碍。

当障碍被打破时，我们的内在自我便充满了快乐，通过这种自由，我们就到达了真理，因为真理就是终点，就是极乐。

沐浴在照耀大地的光芒中，人类的视野扩展至无限，对着太阳膜拜，向着火堆献祭。时间的特性让人类认识到生命的无限，所以他说："一切存在都源于火，并在火中循环。"他对这种理解很自信，因为他觉得生命的神秘支配着人存在的目的、人的思想和人的所有行为。他对真理的诠释受到生命的启发，而非源于无生命的事物。他继续探索存在的意义，并且得出结论："无限的本身就是爱，是永恒的喜悦。"出于对无限的感知，他开始了宗教探索之旅，从自然的"天"开始，光明从天空降临，然后走向生命，因为生命代表自我创造的力量，最终到达"人"，人充满了无尽的爱。"去了解那些渴望被了解的人。""所以死亡对人来说，不再是一种悲伤。"这个"人"不生不灭，集中了每个人真实人性中的不朽。他是"神圣的存在，世界的工匠，是永远居住在所有人心中的伟大灵魂"。

"了解他，就能超越死亡的局限。"——要做到这点，与时间长短无关，而在于对真理的探寻。

真理存在于世界的一切活动中，存在于人的心中，所以我们与真理的结合绝不是消极的结合。为了与真理团结在一起，我们必须放弃自私的行为，成为"世界的工匠"，即为所有人做出贡献。虽然我用了"所有"这个词，但并不是指无数的个体。只要本质是善，即使是最小的善也具有积极的人类共同价值，能担当"世界的工匠"，对全人类行善。为了与"伟大的灵魂"融合，我们必须发展出一种能回应所有人心灵的思想，这有助于我们理解佛陀的四无量心（四梵住）：

无敌意，无危险，无精神的痛苦，无身体的痛苦。

宛如母亲守护独子，对所有生物心存大爱。

在汝之上、汝之下、汝之四方，对世界一切充满怜悯与大爱，不阻碍、不伤害、无敌意。

行住坐与卧，无有疲倦时，善安住此念，此即谓梵住。

这证明佛陀的无量观，不是在无边的工作中，而是在善与爱的世俗理想中，是最接近人性的。当你表现出宽恕、助人和大爱，星辰或者岩石不会发生任何改变，所以你只能在人的身上实现无量。佛陀认为涅槃是无量的最高境界。要了解涅槃的本质，我们必须知道如何达到涅槃。它不仅消除了邪恶的念头和行为，还消除了爱的路上所有的障碍。它代表了自我在真理（和爱）中的升华，是爱把我们带到那些需要同情和帮助的人面前。

有人请教佛陀，人存在的初衷是什么？佛陀严肃地回答说，这既不重要也与无量没关系。佛陀认为这不是人类需要追求和思考的东西。在哲学或者科学领域，这也许值得探索，但它与人遵循的规律或者人的内在本性无关。爱存在于人性中，等待被实践。所有的努力都会得到永恒的回报，即使灯灭了也不是一种损失，因为还有太阳释放光芒，平等地照耀众生。难道要听了导师的话，才懂得这些道理吗？并不是，他们是从他的言行来体悟人类的根本真理。

所有伟大的宗教在起源时都有一个代表人物，用他的生命来揭示真理——不是关乎浩瀚宇宙的运行法则，而是人性良善的真实存在。他们使宗教摆脱了奇异的力量和困惑，将其带入人们的心中，使宗教实现了提升全人类的幸福，而不再只是少数人独享的好处。宗教的存在不是为了给某些孤立的人以冥想的狂喜，而是为了解放所有种族的心灵。这些人以信使的身份来到这个世界，告诉世人只有与不朽的人建立完美的关系，才能获得救赎。无论他们提出什么样的教义，有些人也许是特定时代与传统的产物，但他们的生命和教诲却适用于全人类，具有深层含义，无论男女、父母、朋友、恋人，只有侍奉所有人，才能达到圆满境界，因为隐身于大我的神能否实现，取决于人展现的侍奉与爱。

在古代印度，有人在树荫下问过一个问题："我们献上祭品，究竟祭拜的是哪个神？"

这个问题我们如今还得回答。在回答之前，我们应该带着深沉的爱和成熟的智慧，带着情感，带着科学的观点，也带着创造的喜悦和伴随勇气的痛苦，首先理解人是什么——"在牺牲中欣赏"，牺牲是为了爱；"勿贪求"，因为贪婪会使你的心陷入妄想，远离真理，而你原本在真理中代表"至高无上的人"。

贪婪使我们的意识转向物质享受，远离了至高无上的、无限存在的真理。心灵之河退潮后，留下了一个空洞。我们试图用源源不断的财富水流来填补它，但这些东西填补了空虚，却缺乏团结和再创造的能力。空隙也许会暂时被令人眼花缭乱的物体所掩盖，但如果不勤于查看，增加的重量足以引发突然的坍塌。

然而，真正的悲剧不在于物质的缺失，而是人的无知。在心灵的创造性活动中，人把周围的环境看作自我的延伸，报以善意和爱。但他也可能生出野心和贪婪，他的自尊会因为冷酷而退化。争名夺利的世界不仅影响人的内在本性,而且还不切实际地宣称宇宙是一个抽象的存在。这样的世界里没有真正的自由,就像一个黑暗的牢笼。也许我们活在一个封闭的客观世界,如一粒种子,有坚硬的外壳。但在孤立中,我们默默地呼唤自由,即使自由也许很遥远。当诱惑太大,僵化了人的思想,塑造人类文明的种子就失去了发芽的激情。真正的自由只存在于理想之人身上。

洞察力

行文至此，各位一定已经注意到了，我既不是学者，也不是哲学家。所以，别指望我旁征博引，收集大量研究资料，或者细致地做研究，得出有见地的结论。让我对宗教产生兴趣的，是那些信仰真理之人的经历。接下来，我也会分享自己的人生经历。我在成长的过程中实践生命的宗教，这个过程并不是通过代代相传或者别人强加给我的。

人类克服了气候的限制，让整个地球为自己所用。与狮子和驯鹿不同，我们有能力造出自己的外套，住在温度不同的地带，其方法是捕猎各种动物，获取它们的皮毛和油脂。

人类的记忆力，让他们所控制的领土随着时间推移而扩展。这种能力可以帮助生活在世界各个角落的人将他们获取的机能积累起来，或者可以说，人类生活的世界是一个有历史、有持续记忆的环境。动物征服时间的方式是通过一代又一代的繁衍，而人类征服时间的方式则是通过心智把进步的过程记录下来。人类通过不断地记录历史、学习历史、改进历史，创造了大量的知识和智慧。

人类还拥有另一个世界，它通过心灵的实践存在，具有难以估量的价值。在那里，人的意识好比一颗种子，从心智的土壤底层朝着自由那光彩夺目的顶点，努力地抽出新芽。于是，个人得以实践人类的永恒真理。为了证明这一过程，我会分享自己的经验，就像地下水流突然间涌出地表一样，出乎人的意料。

我出生的年代，家里信奉一神论，这种信仰以《奥义书》为思想基础。不知何故，我开始时抱着一种冷漠的态度，对任何所谓的宗教都无动于衷。这也许是个性的问题。我从来不因为别人接受某种宗教教义而接受它。即使我信任的每个人都相信，我也无法假装自己也相信。

因此，我的心智是在一种没有束缚的自由环境中成长起来的，这种自由不受任何由经典著作所赋予的绝对权威的支配，也不受任何组织严密的宗教团体所奉行的教条的支配。因此，任何质疑我的人，都有权利不相信我的论点，否定我的想法。在这方面，许多人奉为圭臬的书籍也许比我的个人建议更有作用，因此我没必要说教。

回首这些年，我似乎不自觉地追随了吠陀时期先哲们的脚步，和他们一样在印度的天空下找到了终极来世的启示。有时是乌云密布的山雨欲来之势，有时是暴风雨中摇曳的椰子树影，有时是骄阳夏日午后的宁静，有时是太阳在秋日清晨的薄雾后冉冉升起……这些奇观一直陪伴着我的心灵。

后来在婆罗门的入门仪式中，我读到为"智慧之母"伽耶特黎所写的赞美诗，诗中写道：

让我细细思量她那可爱的壮丽，她创造了地球、空气和繁星点点的苍穹，她用我们的心灵传递了理解的力量。

这一段诗文带给我安静的快乐。在日常的冥想中，存在感将我的心与外界联系在一起。如今我明白了人类的存在可以被看作是一种无限的人格，是一种主客体的完美融合，但当时我懵懂无知。因此，那些触发我内心悸动的想法并不是很清晰，仿佛我处在恍惚的氛围中，只有清晰的定义才能让我感到踏实。很明显，我的宗教不是普通人笃信的宗教，也不是神学家口中的宗教，而是诗人的宗教。宗教给我的感觉，就像我写诗时的灵感一样，是无形的，不可捉摸的。我的宗教人生，与我的诗歌人生一样，是神秘莫测的。如果要评论这两种生活经历的话，我可以把它们比作一对伴侣，花了很长时间才走完订婚仪式，以一种奇妙的方式走到了一起。只是它们是如何邂逅的，我毫不知情。

在十八岁的时候，我有过一次意想不到的宗教体验，这让我觉得第一次享受到了生命中美妙的春风。它在我的记忆中留下一个灵性的信息。那天，当我在破晓时分起身，凝视着从树林中倾泻而下的阳光时，突然感到笼罩了世界千百年的雾气在我眼前消散了。晨光照耀下的世界由内而外散发着欢乐的光芒。此刻，平凡事物揭开了无形的面纱，露出了它们的真实面貌和价值所在，在我的脑海里留下了深刻的印象——那就是美。让我难忘的是那次经历所传递的信息，它让我意识到人类身上有超越人性的一面。惊讶之余，我写了一首叫《瀑布的觉醒》的诗。瀑布的灵魂被寒冰冻结、休眠，但在太阳的触摸下，重新释放出自由的灵魂。

它随水流而去,在无尽的奉献中、在与大海的不断交汇中找到自己的归属。四天后,令我内心激动的景象消失了,一切又回到了面纱后面,回到了黑暗的世界,变得平凡而黯淡。

我的年纪又大了些,接下了村子里的一些事务,住在村子附近。在乡下,时间的步伐很缓慢,生活的欢乐和悲伤,都源于最简单、最普通的小事。但在这种平静中,我有过一次奇怪的经历。那天,我完成了上午例行的公事,想洗个澡。我在窗前站了一会儿,窗外是热闹的集市,远处是河岸,干涸的河道正等着一场大雨的滋润。突然,我感到心里一阵悸动。世界似乎一下子被点亮了,那些与我毫不相干的事物显现出有意义的联系。我就像一个在雾中摸索前行的路人,突然发现自己站在了自家门口。

我记得自己还是个孩子的时候,有一天开始上识字课。我必须记住课本上的每一个字,但那个早晨就像是褪了色的书页,眼前的字词不合逻辑,书页上满是污迹、空白和虫蛀的痕迹。突然,我发现有一行押韵的句子连在一起,读出来是:"雨儿淅沥,叶儿低语。"那一刻,我进入了另一个世界,在那里我重新收获了一个完整的自己。我的思想闯入了创造性表达的领域,不再是那个上识字课的学童,心浮气躁地困在教室。树叶在雨中摇曳,形成一幅有节奏的画面。我打开了一个全新的世界,它不再只是个提供知识的地方,而是与我的生活和谐共存。当我看到以前支离破碎的片段连在一起,形成一个有意义的整体时,我欣喜若狂。曾经漂浮不定的浪花,如今有了归属,成了无边大海的一部分。我相信,一定有个"存在"能理解我和我的世界,将我所有的经历以最好的方式表达出来,将它们整合成不断扩展的个体,打造出一件充满灵性的艺术品。

我对这个"存在"负有责任，因为它来自我的艺术感受，既属于我，也属于它。造物主也许怀着类似的想法，从永恒的观念中构建了宇宙，但在像我这样的凡人身上，是"他"投下奇迹，让我的内心进入一种越来越深的意识状态。我的悲伤在漫长的旅途中留下印记，折磨着我，但在那一刻，我明白这些痛苦是必须要承受的，能帮助我创作出超越自我的作品。就像每一颗星星约好同时发光，才能照亮宇宙。我为与"他"神秘相遇、与"他"结成新的友谊而感到高兴。我知道自己终于找到了信仰，那就是人的宗教，它存在于"无限"的人性中，如今来到我身边，共同发出爱的呼唤。

后来，我在自己的诗中用"我的生命主宰"表达我的这个感受。诗是用来记录自我的一种方式，用诗来阐述，比起一问一答，更不容易偏离原意，所以更真实。我的外语水平有限，尝试着翻译了一下：

> 你是我心中的灵魂，
> 我的生命主宰，你是否欢喜？
> 让我献上一杯
> 满是人生苦乐的酒，
> 用我心中压碎的葡萄酿制，
> 用色彩和歌曲为你编织床罩，
> 用欲望所造的金子，
> 为你制造赏玩的珍宝。
> 不知为何，你选择了我做你的伴侣，
> 我的生命主宰！

你是否守着我的日日夜夜，
我的行动和梦境，供你徜徉？
你改变了我的季节，
摘下我的花瓣来装饰你的王冠。
我看见你的眼睛凝视着我的心，
我的生命主宰，
我的失败和过错能否得到宽恕？
因为我日夜辛劳，
黑夜逝去，
繁花凋零，
我上紧琴弦的鲁特琴，
总在弹奏你的旋律时废弛。
我的日子是否会到来，
我生命的主宰！
拥抱你的手臂渐垂，
不再热烈地吻你的双唇。
倒不如结束今日沉闷的相聚，
然后，用新的快乐唤醒我陈旧的身躯；
再一次结合，
迎来另一场生命的庆典。

　　在七月某个空闲的日子，我又偶然体会到了一次，事先完全没有意识到，但就在不经意间发生了。那天上午，我看见东方的天空涌来几团乌云，轻轻遮住了竹林里摇曳的阳光，河岸上有几个嬉戏的村童，拖着一条旧渔船。那一刻，一个难以言喻的想法出现在我的脑海，就像一列满载珍宝的火车从远方驶来。

我还是个孩子的时候，就很敏感，对周围的环境观察得细致入微，包括自然和人。我家房子外面有个小花园，那里是我的天堂，每天我都能在那儿发现美的奇迹。

每天早晨，我都会从床上爬起来，奔向小花园，去捕捉黎明第一缕粉红色的曙光，看着阳光穿过花园边缘的一排棕榈树，在风的温柔抚摸下，草地上的露珠闪闪发光。这时，亲切的召唤从天空传来，在寂静中，我全心全意地接纳着环绕在周围的光明与平和。我期待着每一个早晨，不愿错过每一天，因为对我来说，每一个早晨都比守财奴眼中的金子更珍贵。我知道，挡在我和"超越我的存在"之间的面纱消失时，我就能体验到更深层的自我。

我生来就有敏锐的好奇心。它就像一把钥匙，让这个男孩在包罗万象的神秘宝库里尽情探索。我不太在意课业，因为学校与我熟悉的环境风格迥异，待在学校的我，就像关在实验室笼子里的兔子一样痛苦。也许这正好可以说明我的信仰是什么。在我眼里，世界是有生命的，与我的生活密切相关，有一种微妙的联系，使我的存在更有价值。

这个世界也有它非人的、客观的一面——科学家的使命便是追求这样的真相。比如一个人和他的儿子之间是父子关系，但作为医师，他必须跳出这层父子关系，让孩子变成一个抽象的生物概念，将其视为具有生理功能的躯体。但我们不能说，如果这个人一直行医，身为医师得到的真理甚于身为人父得到的，就舍弃自己和儿子之间的人伦关系。有关儿子的科学知识，只是现象、信息，并不是真理的领悟。只有怀着对儿子的爱，他才能接近内心最高的境界，那是关系的真理，宇宙间和谐一致的真理，创造的根本原则。其他的元素也一样，不能仅用中子与电子的数量来理解，因为组成分子之间的关系依旧是难解之谜。身处情感和喜悦当中的我们，才有能力察觉这些关系的本质；这层体会让我们有理由相信，这位至高无上的造物主与世间万物密切相关。他就是爱的化身——理想的关系就等于至高真理所代表的爱。

小时候，我遇到过一件令我震惊和反感的事，至今还记忆犹新。有个学医的人给我看了人体气管的标本，期待我惊叹于人体构造的精巧。他试图让我相信，那就是人类美妙嗓音的来源。其实，精巧的艺术品并不会凸显"器"的作用，而是以一种和谐的方式呈现，这就是创作的秘诀。我不能接受只从技术角度来定义事物。神并不在乎他的伟大事迹是否被镌刻在石头上，但他一定为他如何通过草地、花朵、云彩变幻和流水潺潺，在世间传递善与美，而感到自豪。

我往往无法认识到是何人、何事在撩动我的心弦，如同婴孩叫不出母亲的姓名或不了解他们在从事什么工作。我内心常出现那种感觉，它通过各种生命力旺盛的途径注入我的天性，让我对人性有更深的了解，并感到满足。

科学家们可能认为，不区分生命体与非生命体、人类与非人类，是原始思维的一种象征。我承认这一点，但我希望这不是责难，而是赞美。也许正是科学的特质和思维方式，使大脑相信人性的存在；有一种普遍的真理，与人的理性和意志和谐共存。所有的物种都存在差异，有些被定义为人类与非人类的差异，但这并没有弄清问题的根源。例如，骨头和肌肉本质不同，但都是人体的一部分。我们的情绪、想象力，都与宇宙合二为一，然后才被心智所感受到。没有必要否认微妙而复杂的差异存在，但倾听内心的声音肯定没有错，因为这个声音能敏锐地捕捉无处不在的力量对人的影响。

现实中的细节问题必须用科学来解决，但对于人体的神秘和谐，人们却难以理解，要靠心灵去感受。这就是人的想象力，是一种自然而直接的体验，正如一首诗中所歌颂的：

宇宙的智慧与意念，
灵魂的思想与真理，
气息的形与象，
生生不息地运行，
由此进入永恒。

还有另一首诗：

微笑照亮宇宙
天地变得美好……

神学家与科学家也许会摇着头，说我这样的表达太泛人论。我们暂且不争论此事。当我说我是"人"的时候，指的是对"人"的普遍概念，用在谁的身上都一样，即使谁都与其他人不同。如果我们轻易给这个说法贴上标签，试图以"泛人论"来揭开这个概念的神秘面纱，是毫无意义的。

我的宗教主张是：世界由有生命和无生命物质组成，人的关系是最好的体现。人作为造物者的杰作，是造物者的象征，这就是为什么在所有物种当中，只有人才有能力用他所知道的、感觉的、想象的去理解世界，他的灵魂甚至与无所不在的圣灵相契合。

举个例子，假如有个外星人来到地球，恰巧听到留声机上传来人类的声音，对他来说，发出声音的是那张旋转移动的唱片。他不了解留声机和人之间的联系，只接受了唱片所代表的客观事实，因为唱片能摸到，具有物理特性。但他也想弄明白，机器是如何与灵魂对话的。如果他展开进一步研究，找到作曲的人，从对方口中得知音乐的要素，就能明白音乐是人与人之间交流的一种方式。

有些只为我们提供信息的东西，可以通过科学的手段来测量，但对于能带给我们快乐的东西，就无法用原子和分子的组合来理解了。世界的安排很玄妙，蕴含着一种让我们心动的力量，这意味着有一种超越天地万物的信息，可以通过人类神奇的"接触"来传递。但这种触动只能被感觉到，不能做科学分析，就像外星人的例子一样。回到自己星球的外星人充其量只能跟他的同胞解释，感动他的"人"没有形体，信息通过机器传播，却能触动心灵深处。

对我来说，玫瑰饱满殷红的花瓣赏心悦目，而黄金只能用来购买生活必需品和奴仆，所以玫瑰比黄金更令我愉悦。一定有人不同意拥有一朵玫瑰比拥有一锭金子更幸福的观点。反对者也许不明白，我强调的并非表面的价值。如果我们穿越一片满是金沙的沙漠，这些黄色的金子在我们眼中会成为恐怖的东西，而看到玫瑰就像是看到了天堂。

玫瑰带给我们的愉悦不是一片片花瓣，就像聆听音乐的美妙感觉并不存在于留声机唱片里。究其原因，是玫瑰代表的爱意让我们为之感动。我们送玫瑰给爱的人，是因为花语代表着爱，比我们说的情话更令人心动，送一束玫瑰，就代表说出了爱的致意。

我年轻的时候，有幸得到过一本毗湿奴派诗人旧时创作的抒情诗集。我很高兴自己能体会到隐藏在诗句中的言外之意，就好像发现象形文字的人，虽然文字本身就具有美感，但突然能破解文字内容，就更令人愉悦。我相信毗湿奴派诗人笔下的爱人是至高无上的，在世间所有的爱中，我们都能感受到这位爱人的存在，比如自然的爱、生物的爱、孩子的爱、亲友的爱、恋人的爱，还有激发我们追寻真理的爱。诗人歌颂的爱，是一种超越人与神之间重重障碍的爱，一种持久的爱，需要相互支持，以实现个人与宇宙之间的完美结合。

毗湿奴诗人笔下的爱人吹着笛子，笛声清越，这是存在于自然和人间最美丽、最悦耳的声音。动听的音符邀请我们走出以自我为中心的孤独生活，进入爱和真理的土地。我们是天生耳朵听不见，还是因忙于功名利禄或者是被市井的喧嚣蒙蔽了双耳？我们听不到爱人奏出的乐音，是因为太专注于夺取原本属于别人的东西，专注于争抢和欺凌弱小，专注于为阴谋的得逞而沾沾自喜？爱之甘霖从天而降，爱之清泉从地底涌出，但我们抛弃了美好的世界，固执地把生命变成荒漠。

在自然界，只要找到通往工艺之城的秘密入口，就能发现工匠生活的黑暗角落，得到顺手的工具，帮助自己做很多事情，但那里找不到永恒，那里只相当于一个信息的存放地点。无论信息多么重要，仍然无法令人满足。而在和谐之城，爱人生活在万物的中心，当我们到达此地，立刻发觉自己寻找到了真理和不朽，获得了一种行至尽头，却又无穷无尽的美妙感觉。

得到一条消息，或者发现一股力量，都属于外在，而非事物的内在精神。获得真理的唯一标准是愉悦。当我们听到真理的声音，收到真理的问候，我们就会知道被真理感动是什么样的感觉，这也是所有宗教最坚实的基础。我们沐浴的阳光与电磁波不同，阳光不必等候科学家的引荐，每天都会降临。同样的道理，当我们意识到爱与美的纯粹真理的那一刻，不需要神学家的解释，也不需要伦理学家的讨论，我们的内心就生出无限的愉悦之感。

我早已坦言，我的宗教是诗人的宗教。我所信仰的宗教源于洞察力，而不是知识。坦白地说，对于罪恶和来世，我都不能给出一个令人满意的答案。然而，我能确定的是，在有过的几次个人经历中，我的灵魂触碰了无限，在愉悦中强烈地感受到无限的存在。《奥义书》中说，因为愚钝，人的心智和言语离真理越来越远，但是当人感受过内心的愉悦，就能摆脱所有的怀疑和恐惧，触摸到真理。

如果我们在夜里被某个东西绊倒，会敏锐地意识到物与物之间的分离状态。但是到了白天，一种更强的纽带会出现，我们自然而然将身边的一切看作整体。当人的内在洞察力接触到意识之光时，人就能感知到神圣的凝聚力高于一切差异和分歧。此刻，他的心智不再受人类世界的个体差异所束缚，而是欣然接受这些差异或者分歧最终都是一体的。他会明白，内心的宁静不是来自外在的安排，而是内在的和谐。真理就存在其中。他也会懂得，美永远是人类心灵和真理之间的媒介，真理等待着我们用爱的回应得到圆满。

音乐创作者

一粒沙子，如果没有整个物质世界作为舞台，它就什么也不是。只有在通过感官感知万物的世界里，这粒沙子才叫作沙子。当我说它是沙子时，整个物质世界都认可了这粒沙子所具有的特质。

物质世界赋予了沙砾身份证明，但谁能证明人性是真实的呢？我们应该承认，自我必须有人性的衬托，才能显出真实，而人类对人性的认识不像对其他事物，必须是直接的、不言自明的。

所谓人性，我指的是自我感知的超验统一性原则，通过知识、感觉、期望、意志和行动，理解特定于个别事实的细节。从消极的方面看，这只能用来解释个体，但从积极的方面看，随着知识、爱和行动的增长，人性具有无限的可能性。

因此，在所有关于人性的事实中，最重要的是对无限的渴望——尚未实现的无限，但由于这份渴望，已经实现的东西就有了意义。在所有的生物中，只有人代表着无尽的未来，而当下只是人类发展道路中的一部分，所有尚未出现的思想，尚未形成的灵性，继续激发着我们的想象，直到它们在我们的头脑中变得比周围任何东西都更真实。未来永远伴随着此刻，一步步将生命带入永恒。

意志坚强的人，生来就怀着一个坚定的信念，那就是他的心灵是无限的，这也是为什么伟大的先贤能名垂千古，因为他们获得了永恒，并且表现出对至高无上者的敬意。我们崇拜神灵，是为了实现一个崇高的目标，让坚定不移的勇气、人性的光辉在通往永恒的路上通行无阻。

在印度的土地上，人们遭受的磨难是僵化的传统几千年来一直压制着人性。过去盲目的偶像崇拜之风，如今仍然是人性发展的障碍。偶像崇拜是发展停滞的主要原因，它将人的灵魂束缚在惯性的车轮上，直到所有的力量都从身体里消失。就像一条溪流被腐烂的野草堵塞而沦为肮脏的泥潭，人也陷入了麻木不仁的愚蠢之中。机械的传统教条本质上是唯物主义的，盲目的虔诚与灵性无关，软弱的信众被非理性的幻想所迷惑，被困在宗教的恐怖意象之中。当我们允许荒谬的行为在生活中一而再、再而三地出现，直到形成一张密密的网，将我们的灵魂包围；当我们缺乏远大的志向，不再期待生命质量的提升，不追求理智，无法捍卫和实现目标，那么灵魂就失去了健康成长的土壤。当我们为了暂时的感官享受而自甘堕落，永恒之光化为灰烬，灵魂也随之变成乌有。放弃责任，追求虚幻，不仅对自身有害，更让后来人对人生不抱希望，虚耗光阴，辜负了未来。

千百万年的历史构建起了未来，并且随着时间的推移而延伸。审视过去，比透视当下的时间碎片更真实。未来存在于我们的梦想之中，存在于我们创造美好世界的信念里。千百年来,我们见证了人类梦想的轨迹,无数被遗忘的民族用赞美、希望和爱来拥抱理想中的世界,用他们的宏伟抱负取得非凡的成就。这些民族在历史的激流中勇进,建功立业,他们不是征服者,而是梦想家和天堂的设计者。诗人的笔下是这样描述的:

> 我们创作音乐,
> 我们创造梦想。

宗教带给我们完美统一的梦想,即人的无限性。当个人与世界的同一性被强烈的情感撕裂,导致"小我"和"大我"的分离,人们就会产生一种罪恶感,并痛苦不堪。

《奥义书》中说:"勿贪求。"贪欲会把我们的注意力从追求无限的人性转移到追求物质享受。正如一位乡村诗人所唱的那样:"我的心啊,如果你关上欲望之门,人在你眼中光芒万丈。"

我们都知道,原始人只关心生理需求的满足,只活在当下。他的生活是由时间决定的,就像其他动物一样。他还没有意识到内心深处寻求解放、进入人类永恒世界的渴望。

由于同样的原因,现代文明似乎也回到了这种原始的思维模式。我们的需求已经飙升到没有闲暇来实践自我、追求内心的信仰。这意味着我们的宗教已不复存在,人类不再渴望触摸神性,当极乐世界的建筑师、音乐的创作者、梦想的创造者。这让我们放弃了对完美人性的渴望,忘记了现实中还有比物质更重要的东西。音乐有些方面是可以分析和测量的,从这个意义上说,它和驴叫或汽车喇叭声有共同之处,但音乐美妙的一面却无法量化，这是嘈杂喧哗的汽车喇叭声永远也比不了的。

心理学家在研究人的心智、梦境和精神向往时，发现很多人往往处于精神错乱、病态和梦魇的状态，身心疲惫。分析结果指出，这些人身上充满了原始的兽性。这也许是个重大发现，但更重要的是去理解另一层真相：人类是如何凭借多重性格去创造奇迹的。

如果有心理学家认为我们爱一个人是植根于原始的贪图肉体的欲望，无论他的说法正确与否，我们都不需要争辩，因为爱是神秘的，是身心在理想状态下的水乳交融，而不是同类相食的理论。或者至少可以说，如果真有任何质的变化，那也是我们的宗教在起作用。莲花和腐肉的共同之处是碳原子和氢原子，它们是构成生命体的基本元素，生物分解后，两者没什么区别；但从造物者的角度看，两者之间的差距难以衡量，这才是重点。有人认为，一些最伟大的人类情感中隐藏着性质完全相反的本能。明白了这个道理，人们会恍然大悟，甚至从生活永无止境的挣扎中得到一点安慰。

文学作品中提到过从幻觉中醒来时那富有感染力的笑声，也描述过豪侠们为了打破传统的伦理观念而烧毁了历史悠久的祭坛，因为崇拜的偶像虽然外表华丽，本质却只是尘土。理想主义带给人们的偶像表象是虚幻的、不真实的，只有表象之下的尘土才是真实的。从这个角度来看，整个宇宙也许只是一个大骗局，数十亿个"你"和"我"都是表象，是旋转的电子微粒而已。

但是这些电子微粒想骗谁呢？如果我们人类生来就具有某种真实的形体，那么即使作为外在的表象，也必须按照规矩呈现出来，而不仅仅是构成形体的电子微粒。作为一个实体的玫瑰，比它散发出的香味更令人安心，因为气体可能受到其他因素影响，闻起来不像是玫瑰。无论是玫瑰，还是人类美德和美的缩影，都属于创造的境界，所有无法控制的元素都融为完美的和谐。这些元素将其最原始的状态留给我们，而我们以创造出的作品给予它们最好的回报，那就是把它们放在某个神秘的剧中（比如演一朵玫瑰）。然而，这种分析充其量只能证明人类具有无与伦比的聪明才智。

我再重申一遍，人类在自我创造过程中树立的情感和理想，都应该放在整体环境中看待。在我们的天赋或情感中，没有绝对的好或坏，它们都是伟大人性的组成部分。只能说，如果它出现在错误的地方，就是不好的。教育的目的是把这些元素变成令人愉快的和弦，以配合人类创作的伟大曲调。未开化的野蛮人进化成更高层次的文明人，与神性产生更多的共鸣，并不是因为某些原始的本性被去掉了，而是像艺术创作一样，将这些特质通过调和、加工，配合力量的轻重缓急、舞台灯光的明暗，形成独特的人性价值。

只要追随这种价值，我们的能量就会在不朽的创造活动中稳步地延续下去，通过文学、艺术、传说、象征、仪式以及用生命来践行使命的英雄们，让人性得到深化。

我们的宗教就是一种对这些努力、表现和梦想的内在原则的理解，这样一来，那些依照神的形象而生的信徒就有了亲近神灵的机会。文明的功能是撑起我们理想中的信念，因为文明代表了理想化的情感和形象。换句话说，文明是一种艺术创造，是我们实现精神愿望的具体产物，所以也是宗教艺术的产物。但是，当我们拥抱现实主义，忘记现实中包含的真实性最少时，文明就会停止前进。因为现实主义是最糟糕的一种谎言，这就像是进了太平间才知道人体确实存在，但却要花一辈子的时间才能看清人体有多么完美。我们对人类所有的伟大之处都寄予厚望，但如果我们忽略了这些东西到底是什么，应该是什么，哪些没有被证实但却清晰地感受到了，以及它们是否仍在走向永恒，那么这些东西就不够完整。这取决于每一个个体的付出，超越世事纷扰，推动人类的整体发展。

人的本质是动物性。动物只在一定的时间范围内活动，但被赋予了人性的人却以不间断的时间和空间作为他存在的背景。石头和水晶是完整的物体，它们悄无声息，在有限的现实中保持沉默的尊严，而人一旦失去创造的理想，即神的理想时，人类的现实也就慢慢沉寂了。把音符看作声音的记录，还是真理的传递，这两者有很大区别。音乐用乐谱上的音符传达无限，人们用心灵中的音符来创作有灵魂的音乐，但如果心有杂念，或者自甘堕落，心灵中的音符就会变成令人不安的杂音。仙乐鼓舞人心，杂音扰乱心神。

艺术家

人活着时，最根本的欲望是生存。在生存欲望的驱使下，我们积累了大量的经验来谋生。我们吃的食物、穿的衣服、住的房子，都依赖于这些知识与实践。也许这些技能我都没有，但我敢于承认，因为没人会瞧不起我。读过我作品的人甚至更愿意我继续当一个诗人或者哲学家，尤其是后一种头衔。其实我从来不敢自称诗人或哲学家，全仰仗读者的青睐。

尽管我有种种缺点，但我仍然从事着人类社会中一份光荣的职业。事实上，我是受到道德和物质的鼓励才走上文学创作之路的。如果一只愚蠢的画眉整天只知道唱歌，不会觅食、筑巢或者躲避捕食者，同伴会任由它饿死。

我没有受到过这样的待遇，这证明人类文明与动物世界是截然不同的。人与动物之所以不同，是因为人类的发展空间没有尽头，可以在无限的舞台上尽情地梦想和创造。漫步在自由空间的人，会感受到人性的尊严、真实的自我，听到诗人歌颂胜利时，他们也会喜不自禁，在不断的探索和创造中为自己找到完美的境界。

无论从哪个方面看，真实都源于人类的情感和想象。真实并非我们的幻想，而是眼前的感觉。因此，即使它与我们的逻辑思维相冲突，也不会被我们抛弃。

如果真实被视为一个事件，它可能是好事，也可能是坏事。如果它是一种启示，那么就意味着人们通过情感或想象来亲身体验，在这种独特的体验中感知自己。如果对我们的身体不会造成严重危害，或者带来道德上的风险，这种感知是愉悦的；换句话说，如果感知能让我们暂时逃离现实生活，无论是恐惧还是悲伤，我们都能坦然接受。这就是为什么我们喜欢悲剧，因为悲惨的剧情最能让我们共情。

现实中的自我，对我来说是最直接、最明确的认识。其他对我施加影响的事物也是真实的，不仅吸引我的注意，丰富我的感情，而且让我充满快乐。我的朋友无须长相俊美、对我施以援手，或者富有、才华横溢，对我来说就是真实的。从朋友那里，我得到的是情感的延伸和快乐。

内在的真实也需要寻求外在真实的确认，否则内心就会出现负面情绪。当周围的环境单调乏味时，心智的情感反应变得波澜不惊，最终，对自己的感觉也迟钝而模糊。我们就像一幅画，需要一个和谐的背景来表现画面的真实性。

单独被监禁的惩罚令人痛苦不堪，因为它断开了真实世界和真实自我之间的连接，使我们被困在一个地方停滞不前，缺乏想象力，让人困惑得无法看清自己，并最终导致我们的个性变得模糊，意识萎缩，甚至失去了自我。

我们的知识世界必须通过接收大量信息来扩大，而人性的世界则通过感同身受和丰富的想象，与自我体验趋于同频。

我们通过知识了解世界，但知识是有限的，所以我们对世界的认识是有限的。同样，我们通过自我体验来了解人性，但我们的共情能力和想象力有限，所以了解得也不充分。如果感官再迟钝一些，那我们大部分时候就像一群孤独的牧人在暗夜中摸索。在不同的阶段，人的意识或多或少会与世界融为一体。生活的乐趣，就在于人与世界步调一致的感觉。

我们用艺术来传达合一的喜悦，为世界增添几分人文价值。每个人都存在物理意义、化学意义和生物意义上的自我，知识水平的提高也让人们对物理、化学和生物世界有了更深刻的了解。个体的自我通过感觉、情绪和想象进行交流，因此受到欲望和表象的影响。

科学敦促我们用心灵去探索浩瀚的可知世界，宗教则希望我们用灵魂去体会那在世间变化的事实深处无限的灵性；人的艺术本能又促使人性在表象世界里呈现，与内心的真实和谐共存。如果无法深切体会这种和谐感，我们就会一直流浪在外，永远渴望回家。

人是天生的艺术家，从不被动地接受外界事物，而是通过情感和想象，把事实修饰成了属于人的意象。动物由其出生地来划定活动范围，而人的国度带有个人印记。

人的视野不只是眼中看到的景象，还有艺术创造，是一个永恒的创作过程。在人的国度里，意识是自由的，而且擅长用创造力来扩展与外界的联系。为了更好地生活，人掌握大量的事实与法则；为了内心的愉悦，人与所接触的一切事物建立和谐的关系。这种关系便是人类创作的成果。

那些在历史上出现过的伟人，在我们的心中并不是静止的形象，而是构成一幕幕鲜活历史的画面。他们的生平，成为亘古不变的传奇。听着这些故事长大的我们，会不断在脑海中重塑他们的形象，让他们看起来比记载中更真实。男人心中的理想女性，女人心中的理想男性，都是依据我们的希望和期待，把不同类别的人重新分组，创造出来的意象。而男男女女也会有意识或者无意识地为了变成理想中的样子而努力。他们成功地让各自的理想适合各自的本性，于是在一定程度上达到了现实的要求。

说这些理想是虚构的，所以不真实，那倒也不正确。人的生活是自己所创造的，代表了人类的无限。人天生就不太关心那些寻常的东西，必须具有某种理想上的价值，人的意识才能充分认识到它们的真实存在。人在孤立的状态下永远感受不到这些，所谓想象力，就是人将伟大的愿景带到自己的脑海中。

我们可以通过调整真理的相互关系，让真理属于自己。这就需要依赖艺术的援手了，因为现实不是基于事物的实质，而是基于关系的原则。真理是形而上学所追求的无限，事实是科学所追求的无限，而现实是将真理与人联系起来的无限。

现实中隐含着人性，是我们所意识到的，影响着我们的表达方式。当我们明确地意识到它，就会感受到自己的存在，从而感到快乐。我们生活在现实中，并且拓展它的边界。艺术与文学便是基于现实的创造性活动。

但创作的神奇之处在于，尽管每个人都在各自寻求表达的方式，艺术家的成功从来不是个人的。人们必须在创作过程中找到、感受到那位至高无上之人，即造物主，并表达出来。所以，人类文明就是在不断地挖掘人性的可能。

要是艺术家表达不出对人性的深刻理解，创作就会以失败告终。如果缺乏对人性的深入挖掘，文明就会消亡，因为社会现实客观存在，贯穿任何时代。脱离了现实，哪怕再勤奋的艺术创作都是无法长久的。

人类渴望自我的存在感永远不会消失，所以迫切地想找到一种不朽的方式。我身上的自我意识特别强烈，强烈到几乎不朽，我实在无法想象有一天它会消失。对我来说，真实存在的事物都是永恒的，配得上用永恒的文字去描述。

有些人习惯把自己的名字刻在宏伟建筑的墙面上，试图让自己与属于所有时代和全体人类的艺术作品扯上关系，这实在是可悲。我们对名誉的渴望，来自想把内心的真实感客观地变为现实的愿望。那些不善于表达的人总是容易被忽略，就像一颗光芒黯淡的星星，无法证明自己的存在。因此，他期待着艺术家能赋予他完整的价值，这倒不是说他有什么特别之处，而是因为他就是芸芸众生的代表，身上有人类存在的永恒的奥秘。

有一次我在北京旅行，一位中国友人陪我在大街上闲逛时，突然兴奋地喊道："瞧！这儿有头驴！"其实那是一头长相普通的驴子，谁看了都知道。这段小插曲让人觉得好笑之余，也引发了我的思考。像驴这样的动物，通常被看作没有什么特别之处，不值得介绍，然后就被匆匆打发走了。驴平凡得毫无优点，我懒洋洋的目光根本没有注意到它，但我那位具有艺术家头脑的中国朋友却没有把驴仅仅当作自然界的俗物，而是用全新的眼光，把它看作一个真实的存在。

我所说的"真实",意思是这位中国友人看到驴时,并没有停留在意识的边缘,将其做一个狭隘的定义,而是迅速融入自己的想象,产生一种特别的视觉效果,让线条、色彩、生命和运动形成一幅和谐的画面,最后成为内心的一部分。要是一头驴闯进客厅,肯定会被人赶出去,但如果把驴画在画里,挂在客厅的墙上,估计没人会反对,甚至还会大加赞赏。

当我们面对一件艺术品,在心中说出一句"我明白了"时,隐身于艺术中的真理就显形了。走在大街上,我们也许会跟驴擦肩而过,但我们绝不会忽视艺术作品中的驴,即使它长得跟自然界中的驴不一样,脑袋像个蘑菇,尾巴像一片棕榈叶。

《奥义书》中有则寓言,说有两只鸟站在同一根树枝上,一只埋头吃东西,另一只四处张望。这个画面就是无限的存在与有限的自身之间的关系。观看风景时,鸟儿的心头充满喜悦,因为这是一种纯粹而自由的快乐。或者说人的内心也住着两只鸟,客体的那只忙于生活事务,主体的那只则享受视觉带来的快乐。

有个小女孩来找我,求我给她讲故事,我给她讲:有一只老虎很讨厌自己身上的黑色条纹,就跑到我家,叫吓得半死的仆人给它一块肥皂,把条纹洗掉。听完后,小听众高兴得哈哈大笑。这是一种能想象出来的快乐,她的心灵呼喊着:"它在这儿呢,我看到了!"她在自然课本里能认识老虎,但她也能看见我讲的故事里的老虎。

我敢肯定,即使是这个五岁的女孩,也知道老虎不可能做找肥皂把身上条纹洗干净的荒唐事。但对她来说,这个故事的乐趣并不在于老虎的外形、用处或者其他可能的结果,快乐来自浮现在她脑海中的老虎画面,画面如此清晰，甚至比现实中的真老虎还要真实。在这个故事里，老虎是当然的主角，有一个完整的形象，真实可感。而听众的心灵充当了目击者，让她有了直观的感受。

老虎必须有老虎的样子，才能在自然课本里占据一席之地。在书上，老虎的样子很普通，但在故事里，老虎却不平凡，是独一无二的。因为它属于某个物种，我们知道了它的存在；因为它属于它自己，我们看清它的模样。故事里的老虎摆脱了同类的影子，所以才在听众心中形成鲜明的个性。

在想象力的帮助下，小女孩清楚地看到了老虎，后者的形象属于她，与她融为一体。这种主体与客体的结合，给她带来极大的喜悦。这是因为自万物被创造伊始，两者之间其实就没有分开过吗？

历史上出现过这样的情况，有些人的意识突然被一种对现实的认识所照亮，这种认识远远超越了日常生活中那些枯燥的、显而易见的事物，世界因此变得生动；我们用心灵去看、去感知这个世界。其中一次是佛陀的声音越过身体和道德的阻碍，传到遥远的彼岸。然后，我们的人生和我们生活的世界，就在心中感到爱与满足的同时，找到了存在的现实意义。

人类为了让这段美好的人生经历永远保存下来，决心去挑战一些不可能实现的事，比如让岩石开口说话、让石头唱歌或者在洞穴刻下回忆。他们带着希望的欢呼声响彻山丘与沙漠，穿越荒芜之地和人口稠密的城市，以不朽的形式留痕。人类付出巨大努力，创造出令人震撼无比的雕塑。他们的壮举遍布东方大陆，清楚地回答了"什么是艺术"这个问题。艺术就是人类用创作来回应真理的呼唤。

在几个世纪前的孟加拉，上演过一出以人类灵魂为舞台的爱情剧。在剧中，演员生动地展示出自己对神的认知，听众的心灵也被一种视世界为乐器的想法所触动，通过音乐发出极乐大会的邀请函。

神的爱之召唤既神圣又隐秘，以无尽的色彩和形式呈现，激发了音乐创作，超越了古典传统主义的限制。比如孟加拉的曼陀音乐，它就像一颗恒星，在整个民族心中燃烧的情感旋涡中升起，激发了民众强烈的自我意识。

也许有人会问，在我的理论中，既然艺术是为了唤起我们心中最丰富的真实感，那音乐占据了什么样的位置呢？音乐是所有艺术门类中最抽象的，就像数学属于自然科学的范畴一样。事实上，这两者之间有着很深的联系。数学是数字和维度的逻辑，因此，熟练掌握是学习科学知识的基础。当我们将数学从具体联想中抽离，简化为符号时，就会看到令人叹为观止的结构，呈现出近乎完美的和谐，这就是数学的特点。所以，在表象的世界中，数学除了严密的逻辑，还有另一种神奇的魔力，即产生和谐的节奏。这种和谐的节奏是从具体环境中提取出来的，通过声音的媒介来展示，这样一来，声音就变成一种纯粹的存在，少了事实的羁绊或者思想上的负担，在表现时受到的阻力最小。

这给了音乐一种力量，用来唤起听众与现实之间的亲密感觉。在绘画、雕塑或者文学中，作品与人的感觉是密切相关的，就像玫瑰花和它的香味。而在音乐世界，升华在声音中的感情是独立的，有确定的调子，也有无法确定的意义，但美妙的旋律会抓住我们的心，让我们的心灵得到净化，感受到绝对的真理。

这就是数学的魔力，这是存在于万物核心的节奏，它在原子中运动，以不同的方式创造了金和铅、玫瑰和刺、太阳和行星。这是时间和空间舞台上数字的舞步，编织出魔幻之力、外观图案和永不间断的变化之流，亦真亦幻。它是一种节奏，把模糊的图像揉捏出来，把难以捉摸的东西化为有形。这是魔力，是创造中的艺术，是文学中的艺术，是神奇的节奏。

我们该就此打住吗？那些我们知道的真理，不也是事实之间关系的一种节奏吗？它编织了理论模式，并让不知何故自认为知道真相的人们产生一种信服感。我们相信有些事是真实的，因为它们有和谐而理性的节奏，可以用数学逻辑分析其过程；但对我的影响，却无法分析，就像我们能数出音符的个数却不能解释音乐一样。所以，让我信服的是另外一种神秘力量，它也是创造的魔力，即人类身上用以自我觉察的性格。